Ludwig Barring

Edle Räuber, große Gauner

Sieben spannende Räubergeschichten

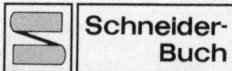

Inhalt

Robin Hood und Gilder Roy 5
Der größte Galgen stand in Paris . . . 52
Rinaldo Rinaldini 97
Der Räuber im Wolfspelz 115
Die Knebeler vom Niederrhein 128
Der Bayrische Hiasl 141
Gendarmenjäger Matthias Kneissl . . 171

Robin Hood
und
Gilder Roy

Im Jahr 1066 hatte ein Komet große Ereignisse angekündigt, aber sie ließen einen langen und regenreichen Sommer hindurch auf sich warten: Mit Hunderten von Schiffen, die zwischen Dives und Cabourg an der französischen Kanalküste lagen, wollte Fürst Wilhelm der Normanne, nach England übersetzen, um das Erbe des im Januar verstorbenen Königs Eduard anzutreten. Aber so kurz die Strecke war, die seine Flotte zurücklegen mußte, günstiger Wind war doch unerläßlich, und er wollte nicht kommen. In diesen Monaten des Wartens nannte noch niemand Wilhelm einen Eroberer; ja mancher gab ihm heimlich den Namen, den er damals noch trug, und nannte ihn Wilhelm den Bastard, weil er das Kind eines Fürsten und einer einfachen Frau war. Und Wilhelm selbst zweifelte daran, daß er je ein Eroberer sein würde, als auch der Monat September mit Regen und Nordwind hinging und das Jahr sich den stürmischen Herbstmonaten zuneigte.

Und dann auf einmal, am 28. September, schlug der Wind um, das Wetter wurde freundlich, Pferde und Soldaten drängten in die Schiffe und setzten über nach England.

Um drei Uhr nachmittags ging Herzog Wilhelm bei Pevensey an Land, aber der erste Schritt auf britischem Boden ließ ihn schon straucheln, er fiel vornüber in den Sand. Während seine Armee wegen der schlechten Vorbedeutung eines solchen Sturzes in einen einzigen Aufschrei des Entsetzens ausbrach, richtete er sich wieder auf, hob drohend beide Arme und schrie:

„So wahr ich diese Erde jetzt an meinen Händen gefühlt habe, so wahr wird sie mir gehören!"

Es war das rechte Wort in einem entscheidenden Augenblick, und wenige Tage später bekräftigte der Sieg bei Hastings diesen Schwur. Aus Wilhelm dem Bastard war Wilhelm der Eroberer geworden; aus einem Herzog der Normannen Wilhelm I., König von England.

Wilhelm war in kein leeres Land gekommen. Angelsächsische Bauern und Edelleute lebten hier seit Jahrhunderten auf ihrer Scholle. Aber die normannischen Ritter, die aus Frankreich über den Kanal gekommen waren, mußten einen Lohn dafür erhalten, daß sie mit ihren Gefolgsleuten an diesem schwierigen Kriegszug teilgenommen hatten. Um zu geben, nahm Wilhelm den anderen weg, den Unterlegenen, den Angelsachsen. Nur langsam, ganz langsam schloß sich die Kluft zwischen Angelsachsen und Normannen, immer wieder flackerte in den großen Wäldern im Innern der Insel Widerstand gegen die neuen Herren auf, und der letzte und berühmteste dieser Angelsachsenkämpfer gegen normannische Herrscherwillkür war Robin Hood.

Er war kein Fürst wie der junge Harold, der bei Hastings gegen Wilhelm den Eroberer stand; er war vermutlich nicht einmal einer der vielen kleinen und nun verarmten angelsächsischen Barone, sondern ein junger Mann aus dem Volk, ein Förstersohn, aber besonders wohlgeraten. Schon sein Vater und sein Großvater waren im ganzen Land Nottinghamshire berühmt. Der Vater, weil er als Förster ein ausgezeichneter Bogenschütze war und auf 1000 Schritt ins Schwarze zu treffen wußte, und der Vater der Mutter, John Gamwel, hatte mehr als einmal einen Wolf mit bloßen Händen erwürgt.

Als Jung Robin zum erstenmal den heimatlichen Sherwood-Forest verließ, um Großvater und Onkel zu besuchen, fand er dort seinen ersten und treuesten Gefährten. Der hieß Little

John und war so geschmeidig, gelenkig und flink, daß alle glaubten, er werde Robin Hood in den Wettkämpfen, wie sie unter den Angelsachsen üblich waren, besiegen. Beim Weitspringen schaffte Little John — wie uns eine alte Ballade berichtet — sieben Ellen, also beinahe sieben Meter, Jung Robin aber eine Elle mehr. Darüber war der alte Gamwel so entzückt, daß er Jung Robin, seinen ältesten Enkel, den Winter über bei sich behielt und in allerlei Dingen unterwies, die er bei seinem Vater im Wald nicht hatte lernen können.

Nach einem halben Jahr aber, als es wieder Frühling war, hatte Jung Robin genug von dem Unterricht bei John Gamwel und zog mit Little John aus, in den Sherwood-Forest, den er wie seine Westentasche kannte. Es war ein Königsforst, in dem niemand jagen durfte als der König und die von ihm bestallten Förster. Tat es ein anderer, so wurde er geblendet, auch wenn er von Adel war, das verlangte das harte Gesetz, das Wilhelm der Eroberer eingeführt hatte.

Auf ihrem Weg zum Forsthaus erlegten Jung Robin und Little John einen Rehbock, um Proviant zu haben, und fünf königliche Jäger überraschten sie dabei. Robin und sein Gefährte töteten zwei, die anderen ergriffen die Flucht. Robin Hood aber war von diesem Augenblick an ein Outlaw, ein Ausgestoßener, und vogelfrei, und andere, die in der gleichen Lage waren wie er, schlossen sich mit ihm zusammen.

Die Zeit, in der dies geschah, liegt sehr weit zurück. König Wilhelm der Eroberer hatte längst die Augen geschlossen, und in England herrschte das Haus Plantagenet mit den Söhnen Heinrichs II., dem tapferen Richard Löwenherz und dem verschlagenen Johann. Richard Löwenherz hatte seinen Bruder Johann als Erben eingesetzt, als er zum Kreuzzug aufbrach. Auf dem Rückweg aus dem Heiligen Land wurde Richard wegen eines alten Streits in Wien gefangengenommen und auf einer Festung an der Donau eingekerkert, bis das hohe Lösegeld aus England eintreffe. Bruder Johann aber dachte gar nicht daran, viel Geld auszugeben, nur um Richard wieder in England und auf dem Thron zu haben. Er ließ zwar das Land schwere Steuerlasten tragen, angeblich, um Richard auszulösen, verwendete das Geld aber für sich und seine Getreuen, unter denen Sir Guy de Guisbourne einer der tapfersten und rücksichtslosesten Ritter war. Diese geschichtliche Lage muß skizziert werden, weil sonst nicht verständlich wäre, daß ein Ausgestoßener, ein rechtloser Mann wie Robin Hood, zum Volkshelden aufsteigen konnte. Die Angelsachsen nämlich hatten einen sehr alten und tief eingewurzelten Rechtsbrauch, und wer vogelfrei war, wer aus der Gemeinschaft geschieden war, den sahen sie für tot an. Robin Hood mußte schon etwas Besonderes leisten, und seine Landsleute mußten in besonderer Not schmachten, damit dieses schwere Urteil von ihm genommen wurde und

11

er wieder in Ehren mit den anderen leben durfte.

Die schwere Not, das waren die Steuern. Viel blieb den Bauern ja nie, aber das, was König Johann nun von ihnen verlangte, das bedeutete für viele Gehöfte monatelange Hungersnot, das bedeutete den Verlust von Vieh, den Niedergang der ganzen Wirtschaft, ja vielleicht sogar den Tod eines Kindes, für das keine Milch mehr im Haus war. Hungersnöte dieser Art hat es in vielen Gegenden Englands und Schottlands noch bis ins achtzehnte Jahrhundert hinein gegeben, und man darf der Überlieferung glauben, daß Robin Hood mit seinem Widerstand gegen die Steuereintreiber König Johanns tatsächlich ein Lebensretter für viele wurde.

Die schlimmsten Steuereintreiber waren der Sheriff von Nottingham und der Abt von Saint Marys in York. Ihnen galt der Krieg, den Robin Hood, unterstützt durch eine schnellwachsende Bande, jahrelang führte. Einige Namen aus dem Kreis seiner Kumpane sind uns überliefert: Neben Little John, dem Nagelschmied, stehen noch Much, der Müller, Tuck, der Mönch, und George a Green. Robin, der von seinem Vater das Geheimnis des sicheren Bogenschusses gelernt hatte, drillte seine Bande, machte sie gut beritten und hatte im übrigen bei den kleinen Leuten so viele Späher, wie er nur brauchte. Er wußte immer, was los war und wo der Gegner stand. Der Sheriff aber oder Sir Guy de Guisbourne stießen immer auf taube Ohren und verschlossene Lippen.

Robin Hood schlug zu, wo immer er konnte. Der Schwächere hatte ja keine andere Möglichkeit, als die Taktik anzuwenden, die man heute Guerilla nennt, die aber uralt ist. Er überfiel die Wagenkolonnen, die gesammelte Abgaben nach Süden in die Residenz bringen sollten, und verteilte den Raub, den er King John abgenommen hatte, wieder unter die Ärmsten. Hatte der Sheriff eben einem unwilligen Zahler zur Abschreckung die Schlinge um den Hals legen lassen, so preschten Robins Reiter herbei, durchtrennten mit einem Schwerthieb den Strick und schlugen die Truppe des Sheriffs in die Flucht.

So weit reicht die geschichtliche Wahrscheinlichkeit. Denn wenn wir als unbestreitbares Zeugnis für die Existenz von Robin Hood auch nur eine einzige Zeile in der Schatzkammer-Rolle von Yorkshire besitzen, die Zeile: *Robertus Hood fugitivus,* die seinen Ausbruch aus einem Gefängnis meldet, so sind die Übergriffe der Steuereinnehmer ebenso bezeugt wie der Widerstand des kleinen Volkes, und die Lieder, Balladen und Sagen von Robin Hood sind zu verbreitet, um frei erfunden zu sein. Sie heften sich auch an bestimmte Lokalitäten, an Seen, Höhlen, Ortschaften, den Sherwood-Forest, den Hood-Geburtsort Lockly usw., so daß man den heldenhaften Räuber als historische Figur betrachten muß.

Schwerer hat es der Robin-Hood-Biograph mit den Ausgestaltungen dieser Geschichte, mit den Einzelzügen, obwohl sich besonders Einzelheiten mitunter viel deutlicher auch durch Jahrhunderte erhalten als die großen Zusammenhänge. So ist zum Beispiel kaum daran zu zweifeln, daß Robin Hood wirklich ein ausgezeichneter Bogenschütze war und auch im übrigen dem angelsächsischen Ideal eines mutigen Sportsmannes entsprach. Aber es gibt keinen Beweis dafür, daß Robin Hood in seinem Übermut, seinem Vergnügen an Wettkämpfen und seiner Frechheit gegenüber dem König John tatsächlich in eine Falle ging, die ihm Sir Guy de Guisbourne gestellt hatte: Sir Guy hatte ganz einfach einen Wettkampf der besten Bogenschützen von ganz Nottingham ausrufen lassen, im Vertrauen darauf, daß dies auch Robin Hood aus seinem Waldversteck locken werde. Und da Sir Guy nicht wußte, wie Robin aussah, war alles vorbereitet, den Sieger im Wettkampf, den besten Bogenschützen, zunächst einmal verhaften zu lassen.

Der Tag kam heran; adelige Herren, aber auch Jäger und einfaches Volk beteiligten sich an den Vorausscheidungen, und schließlich standen die Besten der Besten einander auf einem Feld bei Doncaster gegenüber. In der Zuschauermenge verteilt, konnten die Knechte Sir Guys nicht auffallen, um so weniger, als die Wettkämpfer ja nur auf die Scheiben achteten und Mühe genug hatten, sich inmitten des allgemeinen Wirbels auf ihre Aufgaben zu konzentrieren.

Schließlich hatte ein großer, schlanker Mann, der sich als Kesselflicker aus Barnsley bezeichnet hatte, die höchste Zahl an Ringen aufzuweisen. Unter dem Triumphgeschrei der kleinen Leute trat er vor die Loge der Barone, die gegen ihn gestritten hatten und unter denen Sir Guy mit seinen Damen saß, und empfing den Ehrenpreis. Als er damit aber vom Feld gehen und sich zu seinen Gefährten schlagen wollte, legten sich harte Finger wie Klammern um seine Schultern und Arme. Die Knechte Sir Guys hatten zugegriffen, Robin Hood, der beste Bogenschütze von Nottinghamshire, war der Gefangene seiner Feinde.

Wäre Robin ein simpler Highwayman gewesen, einer jener Straßenräuber, die England und Schottland noch lange unsicher machen sollten, so hätte ihn Sir Guy am nächsten geeigneten Baum aufknüpfen lassen, und es wäre nie zu der Eintragung in die Schatzkammer-Rolle gekommen, die von der offenbar sensationellen Flucht berichten will (denn diese Quelle verzeichnete Räuber und Einkerkerungen nur in Ausnahmefällen). Aber Robin Hood war ein Held, ein Rebell, in ihm konnte man ein ganzes Volk entmutigen und kirre machen, seine Hinrichtung sollte den Widerstand gegen die Steuern brechen und mußte darum besonders in Szene gesetzt werden; sie mußte dort vor sich gehen, wo viele zusehen konnten.

Daß ein so lange gesuchter Räuber besonders streng bewacht wurde, läßt sich denken. Zweifellos lag Robin Hood in einem der tiefen und dunklen Kerker, wie sie mittelalterliche Burgen zwischen ihren Grundmauern ja reichlich zur Verfügung haben, und vielleicht wußten seine Kumpane gar nicht, wohin man ihn gebracht hatte.

Das freilich meldete bald die Fama, das Gerücht, die Zeitung des Mittelalters, denn in jedem Schloß gibt es einen Küchenjungen, der neugierig ist, oder ein Zöfchen, das den Mund nicht halten kann. Und sobald man das wußte, war das Gefängnis schon nicht mehr so sicher, denn Robin Hood, der edle Räuber und Meisterschütze, war bei all seinen Überfällen stets ein galanter Mann geblieben. Er hatte den Damen ihre Kleider gelassen, auch wenn diese noch so kostbar waren (und Stoffe hatten damals einen hohen Wert); er hatte sie nicht wie ein Räuber behandelt, sondern wie ein Edelmann, weswegen sich hartnäckig das Gerücht gehalten hatte, er sei eigentlich kein Försterskind, sondern ein Sohn des Earls of Huntington, eines Gegners der Krone.

Kurz, als Robin Hood im Kerker auf seinen Tod wartete, da brachen in ganz Nottingham die Mädchen- und auch einige Frauenherzen. Und während die Männer kampflüsternd um die Mauern des Schlosses strichen und nach einer Möglichkeit suchten, heimlich einzudringen, spannen die liebenden Frauen nach Weiberart eine Intrige.

Die schöne Marion, Tochter des Barons Robert Fitzwalter, soll die Hauptrolle bei dieser Befreiung gespielt haben, war doch ihr Vater zeitweise als Gegner, zeitweise aber auch als Verbündeter von König Johann einer der mächtigsten Männer damals in England. Kam Baronesse Marion Fitzwalter auf ein Schloß von Sir Guy de Guisbourne, so gab es keine Möglichkeit, sie abzuweisen, das hätte neuen Krieg mit dem schwierigen Baron bedeutet. Und so war es denn vielleicht tatsächlich die schöne Marion, die Robin Hood das rettende Werkzeug zusteckte oder die Lage des Verlieses auskundschaftete und dann seine Freunde darüber unterrichtete.

Der Lohn für diese mutige Tat, von der ihr Vater gewiß nichts wissen durfte, ist nicht ausgeblieben. Marion Fitzwalter ist die treue Begleiterin Robin Hoods in allen Sagen und Liedern; sie teilt sein Abenteuerleben mit ihm, in den Wäldern, auf der Flucht oder auch im Angriff. Sie lebt inmitten seiner wilden Kumpane als schöne junge Frau, geschützt durch die Liebe und Achtung, die diese rauhen Gesellen ihrem Anführer entgegenbringen, aber auch der adeligen Dame, die ihn rettete und ihr Heim verließ, um an seiner Seite bleiben zu können.

Aus Kummer über den Verlust seiner Tochter machte sich Baron Robert Fitzwalter 1219 ins Heilige Land auf und nahm an der Kreuzfahrt nach Damiette teil. Und dort, im Ostwinkel des Mittelmeers, stieß er auf einen Gefährten des Robin Hood, der ihm entschleierte, wo seine Tochter lebte und daß sie die Ehefrau Robin Hoods, nicht etwa sein Opfer geworden sei. Baron Robert nahm diese Botschaft als einen Wink des Himmels, hätte er sie doch vielllecht nicht erhalten, wenn er zu Hause geblieben wäre. Denn wo können Barone und Räuber gefahrlos zusammentreffen? Doch nur auf einem Kreuzzug, wo jeder seiner Sünden ledig wird. Fitzwalter kehrte vorzeitig zurück nach England, wo nicht mehr König Johann herrschte, sondern eine Regentschaft die Geschäfte für den minderjährigen Heinrich III. führte. Mit diesen Lords machte der streitbare Robert Fitzwalter Frieden und zog seine Tochter wieder an seine Seite, für zehn oder fünfzehn Jahre, genau weiß man es nicht.

Robin Hood aber lebte allein das harte Leben

des Gejagten weiter. Für ihn gab es auch nach dem Tod König Johannes keinen Frieden. Die Verfolgungen wurden nicht mehr mit jener Macht, mit jenem großen Aufgebot betrieben wie früher, aber es war doch ein Leben außerhalb des Gesetzes, ein Leben im Wald, das er führen mußte und das in die Knochen ging, wenn man nicht mehr der Jüngste war.

Als ihn nach einem harten Winter ein böses Fieber niederwarf, mußte er sich in die Pflege einer kundigen Frau begeben. Das war die Priorin von Kirkleys, und sie durfte ihn nicht an die Justiz ausliefern, denn Kirkleys war eine Freistatt, und jeder Flüchtling mußte dort seinen Frieden finden. Aber sie wußte, daß sie den großen Robin Hood in ihrer Gewalt hatte, Hood, der so viele Mönche und Abteien um ihr Habe erleichtert hatte, Hood, den unversöhnlichen Gegner des Abtes von Saint Marys. Und so stach sie die Lanzette, mit der sie Robin Hood zur Ader ließ, so tief ein und schnitt einen so langen Schnitt, daß die Wunde sich nicht durch das geronnene Blut verschließen konnte. Neben Robin Hood sitzend, seine Hand festhaltend, sah sie zu, wie der Schrecken der Klöster und des Sheriffs immer schwächer wurde, die Augen schloß und den lautlosen Tod des Verblutens starb.

Kein Räuber ist von seinen Landsleuten so geliebt worden wie Robin Hood; weder François Villon noch Cartouche, weder Mandrin noch Jesse James sind von einer so blühenden Legendenbildung umgeben und leben in dem Maß inmitten ihres Volkes weiter, wie Robin Hood, Försterssohn oder Grafenbastard, auf jeden Fall aber der Held der kleinen Leute. Er hat in gewissem Sinn König Artus abgelöst, den weisen Helden der Ritterzeit inmitten seiner Tafelrunde, denn Robin Hood ist der Mann aus dem Volk, zu dem König Artus doch nur sehr flüchtige Verbindungen hatte. Gegen Adel und Kirche kämpfend, ist Hood der Mann, in dem sich der meist ohnmächtige Widerstand der Bauern gegen die beiden Bedrücker des Volkes im Mittelalter symbolisiert, gegen den Grundherrn auf seiner Burg oder den Grundherrn in seinem Kloster.

Hat ein Volk sich einmal für einen so sympathischen Helden entschieden und ist dieser Held ein Räuber, dann ist es nicht verwunderlich, daß andere Räuberhelden nachfolgen, ja, daß so mancher simple Räuber sich in der Sonne dieser Sympathie zum Helden aufwirft und in dem Verlangen nach der Wiederkehr Robin Hoods, des Unvergeßlichen, mit Liedern und Balladen geehrt wrid, die seinen rein kriminellen Taten im Grunde gar nicht angemessen sind. Diese Verklärung des frei schweifenden Hochlandräubers oder des britischen Highwayman hat in nicht geringem Maß Walter Scott zu verantworten, der uns zum Beispiel in Fergus MacIvor einen Clanshäuptling mit Tradition vorstellt, dessen Vorfahren nacheinander gehängt wurden, weswegen Fergus ebenfalls mit größter Würde auf dieses Lebensende zusteuert.

Die eindrucksvollste Schilderung eines edlen Räuber-Rebellen in der Nachfolge von Robin Hood gibt uns Sir Walter Scott jedoch in seiner romanhaften Historie von Rob Roy. In dieser Familiengeschichte am Vorabend des Jakobitenaufstands von 1715 ist die lebendigste Figur Rob Roy Macgregor, ein Schotte, der tatsächlich gelebt hat, ein prächtiger Bursche, der nur aus politischen und somit aus edlen Motiven zum Hochlandräuber wurde. Die Jakobiten waren die Anhänger der vertriebenen Stuarts, also Jakobs II. und später Jakobs III., und sie versuchten in immer neuen Aufständen, die Stuarts wenigstens in Schottland, wenn schon nicht in England, wieder auf den Thron zu bringen. Die Könige aus dem Hause Hannover schlugen diese Aufstände blutig nieder und gaben ihren Truppen dabei freie Hand die ohnedies armen

Hochflächen Schottlands auf das schlimmste heimzusuchen. Ganze Dörfer sind damals verödet, ganze Clans kamen auf die schwarzen Listen, und einem dieser geächteten Familienverbände entstammte eben Rob Roy. Wie Robin Hood ist er ein Beschützer der Damen, dabei geistvoll, heiter und hart zugleich und obendrein besonders geschickt im Ausbrechen.

Rob Roy hatte einen Namensvetter, einen Räuber, der Gilder Roy hieß und von den edlen Motiven Rob Roy Macgregors offensichtlich ein Leben lang herzlich wenig hielt, weswegen Walter Scott auch gut daran tat, sich seiner nicht literarisch anzunehmen. Was wir von ihm wissen, berichtet uns der neue Pitaval in seinem 28. Band, aber auch die englische Kulturgeschichte hat ein wenig Notiz von Gilder Roy genommen: Er gehörte nämlich zum gleichen Clan Macgregor wie Rob Roy, und er wurde, wenn auch nicht von Sir Walter Scott, so doch vom unkritischen schottischen Volk mit dichterischer Verklärung in einigen Balladen gewürdigt.

Als Abkömmling einer mächtigen Sippe hatte Gilder Roy einen nicht unbeträchtlichen Landbesitz geerbt, der bei guter Bewirtschaftung 80 Mark Silber abwarf; das war unter Berücksichtigung der hohen Kaufkraft früherer Jahrhunderte für das arme Schottland ein schöner Ertrag.

Gilder Roy (dessen Name in britischen Quellen gelegentlich in einem einzigen Wort geschrieben wird) erhielt von seinen Eltern eine für schottische Verhältnisse recht gute Schulbildung und lernte sogar die französische Sprache. Diese im siebzehnten Jahrhundert und in den Highlands durchaus ungewöhnliche Tatsache scheint ihn jedoch seiner Scholle so sehr entfremdet zu haben, daß er, als er das große Landgut erbte, sich als ein sehr schlechter Landwirt erwies. Der Besitz, von dem er hätte leben können, war in etwa eineinhalb Jahren zerstükkelt, verkauft und vollständig durchgebracht, und Gilder Roy mußte noch froh sein, auf dem vergleichsweise bescheidenen Besitz seiner Mutter zumindest ein Bett und einen Platz am Mittagstisch zu finden.

Roys Mutter lebte mit ihrer Tochter und ein wenig Gesinde auf dem kleinen Hof, den sie selbst bewirtschaftete, und sie hatte Roy auch immer wieder mit kleinen Beträgen geholfen, wenn er ohne Geld ankam und um ein paar Pennies bettelte. Aber schließlich sah sie, daß sie ihre eigene Existenz und die der Tochter gefährdete, wenn sie weiterhin Geld hergäbe, und stellte die Hilfe an Roy ein. Essen und Wohnen sollte er haben, solange er es brauchte, aber das Geld war so knapp und zu so vielem nötig, daß sie es ihm verweigerte.

In einer Nacht, da Gilder Roy vom Wirtshaustisch hatte aufstehen müssen, weil er kein Geld mehr hatte, kam es zu der ersten großen Übeltat des jungen Mannes. Wütend über das

Gelächter und den Spott seiner Saufkumpane, die ihn heim zu Muttern wandern sahen, fiel er zu Hause über die alte Frau her, riß sie aus dem Bett und schlug so lange auf sie ein, bis sie tot war.

Nun konnte er nicht mehr zurück. Der Anblick der Toten hatte ihn wohl ernüchtert, aber seinen Sinn nicht umgestimmt. Als er Geräusche aus der Mädchenkammer hörte, in der seine Schwester mit einer jungen Magd schlief, trat er die Türe ein, riß den Mädchen die Schlafdecke weg und verging sich erst an seiner Schwester, dann an der Magd. Dann band er beide auf die Bettstatt nieder, so daß sie sich nicht rühren konnten, und legte Feuer an das Haus.

Da es einsam lag, währte es eine Stunde, ehe andere den Feuerschein sahen und herbeieilten. Sie fanden keine Spur mehr von Gilder Roy, konnten aber auch nichts mehr retten. Der ganze Hof war mit Mensch und Vieh eine Beute der Flammen geworden.

Diese erste Untat hatte sich also gegen sein eigenes Fleisch und Blut gerichtet, sie war eher eine Familientragödie als ein Verbrechen im üblichen Sinn. Ein verkommener, jähzorniger Sohn hatte nach dem Tod seines Vaters, der eine gewisse Autorität über ihn gehabt hatte, den Rest der Familie, die Frauen, die ihm nicht gehorchten, in seiner blinden Wut ausgelöscht.

Geschehen war dies alles in der Grafschaft Perthshire, einer der schönsten Landschaften Schottlands, wo die Lochs, die schmalen Seen, mit schönen Ufern das Land beleben und der Firth of Tay tief in die Küste einschneidet. Wer der Täter gewesen war, wurde bald offenbar, denn Gilder Roy blieb unauffindbar, und daß er bis um Mitternacht noch gezecht hatte, daß er mit Drohungen und Flüchen zu seiner Mutter aufgebrochen war, das wußte man von seinen Saufkumpanen. Der Sheriff setzte eine Belohnung auf Gilder Roys Kopf, und das war vielleicht der Grund dafür, daß der Flüchtling nicht gleich in eine der Banden eintrat, die damals, in der ersten Hälfte des siebzehnten Jahrhunderts, das Hochland unsicher machten: Sie hätten ihn kurzerhand ausgeliefert und die Belohnung kassiert!

Konnte man nicht ins Hochland entfliehen, so mußte man mit dem Schiff nach Frankreich, andere Fluchtwege aus Schottland gab es nicht. Es sei denn, man wollte auf den Hebriden untertauchen, den kleinen Inseln vor der Westküste, wo das Leben womöglich noch ärmlicher war als in Schottland selbst.

Gilder Roy verrät ein gewisses Format als Abenteurer mit einer Flucht, die gewiß nicht leicht zu bewerkstelligen war: Er fand ein Schiff, das ihn nach Frnkreich brachte, mußte also im Hause seiner Mutter eine beträchtliche Summe gefunden haben, denn die Schiffe, die aus Perth oder Edinburgh nach Frankreich fuhren, waren damals noch ziemlich selten und hatten nur ausnahmsweise Platz für mehr als ein Dutzend Passagiere.

Zeigt schon diese Flucht sein Geschick, so paßt er sich in Paris erstaunlich schnell den Methoden des dortigen Gaunertums an, vervollständigt seine Französischkenntnisse und tritt als wohlhabender junger Baron auf. Die Beziehungen zwischen Frankreich und England, wo damals Oliver Cromwell herrschte, waren für die Schotten recht günstig. Sie galten als Parteigänger der Stuarts, deren Rückkehr auf den Thron der Sonnenkönig mit allen Mitteln förderte, und so ist es wohl zu erklären, daß der Muttermörder aus der Grafschaft Perthshire in Paris Zutritt zur Hofgesellschaft fand, obwohl man nichts Näheres über seine Herkunft und sein Vorleben wußte.

Die kleinen Gaunereien, von denen er sein Leben in Paris fristete, sind Gilder Roy von seinen Biographen nachgesehen worden; ein frecher Raub aber hat sich im Gedächtnis der

Chronisten erhalten, denn er wurde während eines Festgottesdienstes in der ehrwürdigen Abteikirche von Saint-Denis bei Paris begangen, in der die meisten Könige Frankreichs in prächtigen Gräbern ruhen.

Die Kirche war gefüllt mit stattlich gekleidetem Volk; die besten Plätze hatte die Hofgesellschaft eingenommen, und auch das vornehme Bürgertum von Paris und die Spitzen der Behörden und Gerichte waren anwesend. In dieser glänzenden Versammlung fiel Gilder Roy eine junge Frau von großer Schönheit auf. Er lächelte ihr zu, aber sie wandte sich brüsk ab und ergriff die Hand eines Chevaliers an ihrer Seite, als suche sie bei diesem Freund, Verlobten oder Gatten Schutz vor der Zudringlichkeit eines Fremden.

Während des Hochamtes wurde es noch voller in dem alten Gotteshaus. Gilder Roy gelang es, an den Chevalier heranzukommen und mit ihm leise eines jener Gespräche zu beginnen, in denen sich junge Männer über die ehrwürdigen Anwesenden lustig machen. Und dann fiel, in der gleichen Sekunde, der Blick der beiden auf den kostbaren Armreif, den die junge Frau über dem seidenen Ärmel ihres Gewandes trug.

„Nun wollen wir einmal sehen, ob die Dame wirklich so fromm ist, wie sie aussieht", flüsterte Gilder Roy dem neugewonnenen Freund zu und machte sich an das Mädchen heran, das tief versunken in seinem Brevier las. Mit einem raschen Griff hatte er, als gelte es, ein Kunststück vorzuführen, den Armreif geöffnet, so daß dieser zu Boden gefallen wäre, hätte Roy ihn nicht blitzschnell und lautlos aufgefangen. Beifall heischend, zeigte er ihn dem Chevalier und ließ sich dann, als könne er nicht anders, von der immerzu drängenden Menge hinter eine Säule schieben.

Der Chevalier mußte denken, er habe es mit einem jungen Grafen zu tun, der sich einen Scherz erlaubt habe und nach dem Ende des

Gottesdienstes den Armreif zurückerstatten werde. Aber solange er auch unter dem schönen Portal der Kirche wartete, Gilder Roy zeigte sich nicht mehr. Die junge Dame aber soll ihrem Verlobten erbost den Laufpaß gegeben haben mit dem Bemerken, einen so schläfrigen und arglosen Beschützer könne sie nicht gebrauchen, wer weiß, was er noch alles mitansehen würde, um ihr einen Schabernack zu spielen...

Nach diesem Raub in einem Gotteshaus und gleichsam im Beisein des Königs, hielt es Gilder Roy für ratsam, sich aus Paris zu entfernen, denn mit dem Sonnenkönig und dessen Polizei war nicht zu spaßen. Er ging aber nicht wieder nach Schottland, wo seine Tat gewiß noch nicht vergessen war, sondern nach Spanien. Ein nicht alltäglicher Fluchtweg für einen jungen Hochlandräuber.

In Spanien finden wir Gilder Roy erstmals in Gemeinschaft von Komplizen, vermutlich von Zigeunern. Sie waren ihm schon behilflich gewesen, die Pyrenäen, das Grenzgebirge, auf sicheren und der Polizei unbekannten Pfaden zu überschreiten, und einmal in Spanien, fand Gilder Roy es recht angenehm, eine kleine und ergebene Schar geschickter Pferde- und Hühnerdiebe an seiner Seite zu haben, die sich von ihm zu größeren Unternehmungen führen ließen.

Je weniger Menschen beisammen leben, desto leichter findet man einen Fremden; das wußte Gilder Roy nur allzugut aus seiner Heimat, wo jeder jeden kannte, ja sogar noch die Familie und die längst verblichenen Ahnen. Also wandte er sich auch in Spanien nach einigen Raubzügen in den Provinzen wieder der Hauptstadt zu. In Madrid fielen die Fremden nicht in dem Maße auf wie in den kleinen Orten, und hatten dort die reichen Großgrundbesitzer ihre Stadtpaläste, in denen sie alles anhäuften, was sie dem armen Landvolk abgeknöpft hatten.

Nach einigen Erkundungsgängen und langem Ausspähen begann Gilder Roy sich besonders für den Palast der Herzöge von Medina Celi zu interessieren, die in der Sierra Ministra und in der Provinz Soria reich begütert waren. Roy hatte sich mit dem Haushofmeister des Stadtpalastes angefreundet, ihn ein paarmal in Weinlokale eingeladen und konnte bald im Schloß ein und aus gehen, wie das Personal selbst.

„Morgen", sagte der Haushofmeister eines Tages zu ihm, „morgen ist die schöne Zeit zu Ende. Der Herzog kommt mit der ganzen Familie und bleibt den Winter über in der Stadt. Wir können uns nicht mehr sehen, und du darfst auch nicht mehr ins Schloß..."

Roy stellte sich tief betrübt.

„Hast du denn so viel zu tun, wenn der Herzog da ist? Können wir uns nicht wenigstens hier beim Wein einmal sprechen? Ich bin doch fremd in Madrid, ich kenne niemanden und habe mich an dich gewöhnt!"

Geschmeichelt tröstete der Spanier seinen neuen Freund: Nur die ersten Tage seien so schlimm, denn der Herzog gebe alljährlich, wenn er nach Madrid komme, einen großen Empfang, ein langes und prächtiges Fest, mit dem die Zeit der Gesellschaften und der Theater beginne. Sei dieses Fest vorüber, dann werde es wieder ruhiger im Palast und alles gehe seinen alltäglichen Gang.

Nun wußte Gilder Roy genug. Er bot seine Kumpane an diesem Tag des Festes auf, hieß sie, sich als Diener zu verkleiden und führte sie an dem Abend, als alles von Lichtern und Girlanden glänzte, wie eine Schar aushelfender Dienstboten durch den Hintereingang in den Palast.

Dort halfen sie geschickt, trugen auf und trugen ab, und auf einen Wink von Gilder Roy, der die Lage wachsam überblickte, verschwand immer wieder einer mit einer prächtigen Silberschüssel, einem kostbaren Mantel oder einem

Paar diamantenbesetzter Überschuhe aus der Garderobe. Zuletzt schulterte Gilder Roy noch einen wunderbaren seidenen Maurenteppich, griff sich einen mit Smaragden besetzten Degen und verschwand ebenfalls.

Ganz Madrid lachte über den Streich, der dem unsagbar stolzen Herzog gespielt worden war, und niemand wollte zunächst glauben, daß ihn ein Fremder ausgeheckt habe. Erst als Gilder Roy sich auch bei seinem Freund, dem Haushofmeister, nicht mehr blicken ließ, dämmerte diesem, warum der junge Fremde seine Freundschaft so eindringlich gesucht habe, und er ging zur Polizei. Das hätte er zwar besser unterlassen, denn der erste, der eingesperrt wurde, war nun er selber; aber ganz Madrid erfuhr jetzt, daß ausgerechnet ein schottischer Hochlandräuber es gewesen war, der auf dem Boden der spanischen Hauptstadt sein Meisterstück geliefert hatte.

Geschickte Kesselschmiede wie die Zigeuner

hatten es nicht schwer, das Silbergeschirr des Herzogs von Medina Celi in Barren zu gießen. Man teilte, und Roy, der den Löwenanteil erhalten hatte, hielt es für klüger, mit seinem Besitz nicht noch eine Nacht inmitten der Bande zuzubringen. Als alle schliefen, warf er sich auf das beste Pferd und ritt nach Norden.

Das Land war hier so karg, daß es ihn an seine ferne Heimat erinnerte. Von Heimweh gepackt, kehrte er nicht über das Gebirge nach Frankreich zurück, wie er es vorgehabt hatte, sondern schiffte sich in Bilbao zunächst nach Holland ein. In Brügge fand er dann Gelegenheit, mit einem Schiff nach Schottland zu fahren, und gut drei Jahre, nachdem er aus Perthshire geflohen war, kehrte er heimlich wieder in die Heimat zurück.

In den Städten konnte er sich freilich nicht zu erkennen geben. Aber das Gerücht, daß Gilder Roy wieder im Lande sei, machte ebenso schnell die Runde wie die Erzählungen von seinen Räuberstückchen in Frankreich und in Spanien. Einen Mann, der sich wie Roy den Wind der großen Welt um die Nase hatte wehen lassen, den gab es in den Highlands nicht noch einmal, und Gilder Roy hatte es nun nicht mehr schwer, eine Bande ihm treu ergebener Bösewichte um sich zu versammeln.

Er hatte gelernt, daß Denken mehr einbringt als Hauen und Stechen. Also wählte er sorgsam sein Tätigkeitsfeld. Die politischen Verhältnisse waren günstig. Das Land war uneins wie nur je, die großen Familien belauerten einander mißgünstig, und in den Städten wimmelte es von Agenten, die teils für Cromwell, teils für die Stuarts Stimmung machten. In dieser Lage wurde Gilder Roy zwar nicht zum Herrn von Schottland, aber nach und nach doch zu dem Mann, der zumindest in einigen östlichen und nordöstlichen Grafschaften die tatsächliche Macht ausübte. Von Angus bis hinauf nach Murray streiften seine Scharen über das Land und gaben den

Bauern zu verstehen, daß sie die Herren seien und die einzige Macht. Die Abgabe, die Roy forderte, war nicht hoch. Manche Dörfer kamen angesichts ihrer Armut mit einem Rind im Monat durch. Aber wehe, wenn dieses Rind dann nicht pünktlich abgeliefert wurde! Dann brannten die Scheunen und die Gehöfte, dann wurden die Männer unnachsichtig erschlagen, und mit den Frauen und Mädchen sprangen die Banden Gilder Roys um, als befänden sie sich in Feindesland.

Roy selbst verschmähte es dabei nicht, sich einzelner Reisender von hohem Rang höchstpersönlich anzunehmen. Dem Earl von Linlithgow nahm er nicht weniger als achtzig Goldstücke, und zwar Dublonen, ab, für die Roy aus seiner spanischen Zeit eine besondere Vorliebe hegte. Dazu mußte der Graf sich von einer goldenen Uhr und einem Diamantring trennen. Mehr passierte ihm allerdings nicht. Ein anderer Reisender war so unklug, sich mit seinen

Dienern zur Wehr zu setzen. Die Diener fielen im Kampf, Gilder Roy ließ alle Pferde erschießen und den bis aufs Hemd ausgeraubten Gegner auf einen Packesel binden. Dann trieb man das Tier in die winterlichen Einöden des Hochlands hinaus, wo es wohl mit seinem Herrn zugrunde gegangen ist.

Wie dreist Gilder Roy werden konnte, wenn die Behörden gegen ihn vorgingen, bewies seine letzte Übeltat. Es war den Reitern aus Edinburgh gelungen, drei Kumpane Roys zu fangen, drei Männer, an denen sein Herz besonders hing, weil sie schon lange an seiner Seite kämpften. Man machte ihnen einen schnellen Prozeß, weil der Kerker als nicht allzu sicher galt und Roy viele Vertraute in der Stadt hatte, und eines Tages sah Gilder Roy die Freunde und Gefährten so vieler Überfälle und Schlachten gemeinsam an einem Kreuzweg am Galgen baumeln.

Die schottischen Galgen hatten, anders als die deutschen, einen senkrechten Pfosten, der keinen Querbalken trug, sondern ein liegendes Kreuz. So konnten an jedem Galgen bis zu vier Übeltäter zugleich gehängt werden.

„Wartet nur ein Weilchen, meine Freunde", rief Gilder Roy grimmig, als er die drei Gehängten im Wind schaukeln sah, „ich bringe euch einen vierten, auf den ihr stolz sein werdet!"

Roy bot alle seine Gefährten auf. Sie legten sich viele Nächte lang an den Straßen in den Hinterhalt, die von Edinburg nach Dunbar, nach Penicuik und nach Falkirk führten, und die Bauern, denen in dieser Zeit niemand das Vieh wegtrieb oder die Häuser anzündete, glaubten schon, Roy sei gefangengenommen worden. Aber Roy wartete nur, wartete mit der bösen Geduld eines Mannes, der die Rache höher stellt als den Gewinn, und eines Morgens ritt tatsächlich der Oberste Lordrichter von Edinburg, begleitet von ein paar bewaffneten Knechten, aus der Stadt nach Westen, zu einem Gerichtstag nach Stirling.

Er hat sein Ziel nie erreicht. Lautlos brachen die Räuber aus dem Hinterhalt. Blitzschnell waren die Knechte getötet, seine Lordschaft jedoch gebunden und geknebelt. Roy wurde benachrichtigt, und dann ritten sie gemeinsam zu jenem Kreuzweg, an dem die Gehängten, nun schon zerlumpt und schauerlich anzusehen, an den Stricken tanzten. „Findet Ihr nicht, Euer Lordschaft", sagte Gilder Roy zu dem Richter, „daß dieser Galgen nichts gleichsieht mit nur drei armen Sündern, während er den vierten Arm leer in die Luft reckt? Das stört doch die Symmetrie!"

Während der Oberrichter stammelnd hohes Lösegeld anbot, rissen ihm die Räuber seine vornehmen Kleider vom Leib, bis er im Hemd dastand wie ein armer Sünder auf dem letzten Gang. Dann legte ihm Gilder Roy selbst die Schlinge um den Hals und befahl, seine Lordschaft hochzuziehen.

Tags darauf verbreitete sich die Kunde dieser

Schandtat zunächst in Lothian und später in ganz Schottland, vom Tweed bis zu den Hebriden. So viel hatte noch kein Räuber gewagt, und wenn man dem Adel auch zubilligte, die Grafen und Herzöge der Gegenpartei zu ermorden, wo immer man sie traf, wenn in Schottland der politische Mord auch zu einer Art Volksbrauch geworden war und die Geister Darnleys, Rizzios und Murrays noch umgingen – einem Hochlandräuber wie Gilder Roy wollte man doch um jeden Preis das Handwerk legen, da er sich am Obersten Richter des Landes vergriffen hatte.

Die Belohnung, die auf seinen Kopf ausgesetzt war, wurde auf die ungeheure Summe von tausend Mark Silber erhöht, das waren achttausend Unzen jenes Metalls, von dem viele Schotten überhaupt nicht wußten, wie es aussah, und Roy wußte sofort, daß er nun auch bei seinen Kumpanen nicht mehr sicher war. Denn wer ihn verriet, wurde straffrei und konnte fortan als

Baron leben, auf eigenem Land oder in London, wie es ihm paßte...

Roy gab also auf, und da auch die Hafenorte überwacht wurden, konnte er nicht einmal außer Landes gehen, um in Frankreich von den geraubten Reichtümern zu leben. Nur ein Mädchen hielt noch zu ihm. Sie hieß Elizabeth Cunningham und hatte ihre Treue zunächst nicht zu bereuen, denn alles Geld, das Roy noch hatte, gab er ihr.

In ihrem Haus, das in einem Vorort von Edinburg lag und von niemandem verdächtigt wurde, lebte er die letzten Wochen seines rauhen Lebens, während die Reiter das Hochland nach ihm durchstreiften. Er ging nicht aus, er zeigte sich nicht am Fenster, und doch saß er in der Falle. Vielleicht hoffte er, sich verbergen zu können, bis der Jagdeifer der Polizei erlahmt sein würde. Dann gab es gewiß irgendwo ein kleines Schiff, das ihn für gutes Geld nach Norwegen brachte oder nach Irland. Aber so weit kam es nicht.

Elizabeth Cunningham sah nämlich, daß Roys Geld zur Neige ging, und sie fürchtete auch die Strafe, die darauf stand, einen so schlimmen Übeltäter wochen-, ja monatelang zu verbergen. Darum ging sie eines Tages selbst zum Richter, gab alles an, was zu sagen war und erhielt die Versicherung, daß sie nicht nur straffrei ausgehen, sondern auch einen Teil der Belohnung erhalten werde. Den anderen Teil bot man einer Schar von Freiwilligen an, wenn sie es schafften, Gilder Roy zu fangen.

Elizabeth Cunningham war offensichtlich nicht nur eine schöne Frau, sondern auch eine gute Schauspielerin. Obwohl sie wußte, daß die Häscher kommen würden bereitete sie Roy das Abendessen wie sonst, gab ihm einen guten Trunk, wie er sich's in Frankreich angewöhnt hatte, zog sich aus und stieg zu ihm ins Bett, als sei alles wie sonst auch. Nach einer Stunde aber, in der sie alles versucht hatte, ihn sorglos zu stimmen und bei guter Laune zu halten, hob er plötzlich den Kopf. Er hatte ein Klirren auf den Steinen vernommen. Auf dem Vorplatz war ein geschienter Fuß gegen etwas gestoßen – das Haus war umstellt.

Daß es kein Entrinnen mehr gab, wußte Roy sofort. Und daß Elizabeth alles gewußt hatte, sah er an ihrem Blick, an ihrer Furcht. Mit einer schweren Felldecke versuchte sie sich zu schützen, aber Roys Schwert stieß durch und riß ihr den Leib auf. Mit der blutigen Klinge und nackt sprang Gilder Roy dann in den Hausgang, der enger war als das Gemach, so daß immer nur einer gegen ihn fechten konnte. Elf Soldaten sollen gefallen sein, ehe ein Armbrustbolzen Gilder Roy in den Hals traf, so daß er das Schwert sinken lassen mußte, um den schmerzenden Pfeil aus der Wunde zu ziehen. In diesem Augenblick fielen sie über ihn her und banden ihn.

Nie zuvor war ein Gefangener so in Ketten

gepackt, an Eisenstangen geschmiedet gewesen wie Gilder Roy. Man fürchtete bis zuletzt, daß er ausbrechen oder daß seine Bande ihn befreien würde. Aber wenn wirklich noch viele von seinen Kumpanen in Freiheit waren, so schätzten sie offenbar diese Freiheit viel höher ein als das Leben ihres Anführers. Niemand kam, ihn zu retten, keine vornehme Dame schlich sich zu seinem Gefängnis, wie im Falle des strahlenden Volkshelden Robin Hood. Auf Gilder Roy, den Muttermörder, wartete nichts anderes als der schimpfliche Tod am Galgen.

Und nun, da es zu Ende geht, da kommen endlich die ersten genauen Zahlen, da sagen die Quellen mit der Genauigkeit der Rechtsdokumente, wie es zugegangen ist. Wir erfahren, daß der Galgen nicht weniger als dreißig Fuß hoch war, also annähernd zehn Meter, so hoch, daß niemand Roy abschneiden konnte. Und wir erfahren auch den Tag, das erste verbürgte Datum aus diesem düsteren Leben: Es war der

9. Oktober 1652, und Gilder Roy MacGregor war fünfunddreißig Jahre alt geworden, als der Henker seinen Knechten das Zeichen gab, ihn in die luftige Höhe emporzuziehen.

Der größte Galgen stand in Paris

Es ist noch nicht lange her: Im Septemberr 1954 fand man bei Bauarbeiten in der Rue de la Grange-aux-Belles zwei gemauerte Pfeiler des größten und berühmtesten Galgens, den es im alten Europa gab, des Monstergalgens von Montfauçon über Paris, der bei voller Ausnützung seiner Pfeiler und Querbalken an die hundert (!) Leichname tragen konnte, denn man befestigte dort oben, hoch über Paris, nicht nur die Gehängten, sondern auch andere Hingerichtete, damit sie zur Schande und zur Abschreckung recht lange sichtbar blieben und auf recht scheußliche Art und Weise verfaulten.

Der Fund in der Rue de la Grange-aux-Belles

machte auf die Pariser Bauarbeiter, die dort am Werke waren, dennoch keinen sonderlichen Eindruck. Die vielen Gebeine wurden in Mülltonnen gefüllt, die beiden Galgenpfeiler wurden zu willkommenem Füllmaterial für die Grundstückstrennmauer zwischen den Nummern 53 und 55. Die Anwohner dieser Straße sind offensichtlich überhaupt nicht abergläubisch, und es machte ihnen nichts aus, daß diese Pfeiler unzählige letzte Seufzer gehört, unzählige Todeszuckungen gesehen hatten seit jenem Jahr 1325, in dem die alte hölzerne Galgenstätte durch eine Konstruktion aus sechzehn gemauerten Pfeilern mit kräftigen Querbalken ersetzt wurde, ein Hinrichtungsbauwerk von finsterer Zweckmäßigkeit. Und doch ist kein Galgen der Welt so ausgiebig besungen worden wie eben dieser, denn unter ihm, in der Schenke *Zum Goldenen Fäßchen*, hatte François Villon sein Standquartier, weil man durch die Fenster mit geringer Mühe die Hinrichtungen mitansehen konnte.

Fançois Villon, ein Name, den die ganze Welt kennt, ein Name, der auch in der kürzesten Literaturgeschichte nicht fehlt – aber was hat er hier zu suchen? Villon beschäftigt uns erstens als der gewiß größte Dichter unter allen Räubern, denn Li-tai-pe trank zwar ebenso gerne wie Villon, zog aber die friedlichen Nachtspaziergänge den Einbrüchen und Räubereien vor. Und zweitens ist Villon höchstwahrscheinlich (so sicher kann man das heute nicht mehr sagen) der größte Räuber unter den Dichtern, denn wenn auch Sex und Rauschgift und die liebe Politik schon sehr viele Dichter hinter Gefängnismauern gebracht haben, als Räuber sind sie, von Genet vielleicht abgesehen, doch alle ziemlich harmlos gegenüber François Villon, dem langjährigen Mitglied der gefürchteten Bande der Coquillards.

Während man von den meisten Räubern das Todesdatum aus den Gerichtsakten sehr genau kennt, das Geburtsdatum aber nur ungefähr, wissen wir, daß François de Montcorbier 1431 in Paris zur Welt kam und erst später von seinem Ziehvater, einem Geistlichen namens Guillaume de Villon, den Namen annahm, unter dem wir ihn heute kennen. Sein Leben kennen wir teils aus Pariser Gerichtsakten, teils aus Villons Dichtungen, in denen Freunde, Gegner, Zeitumstände, Vorkommnisse und Nöte mit lyrischem Schwung, aber oft recht deutlich vor uns ausgebreitet werden.

Das Paris des fünfzehnten Jahrhunderts ist uns in vielem sehr fern; aber als in den blutigen Maitagen des Jahres 1968 Tausende von Studenten den Boulevard Saint-Michel herunterzogen, Arm in Arm, als geschlossene, mächtig gegen das Rechte Ufer anbrandende Woge des sogenannten Lateinischen Viertels, da war jenes alte und versunkene Paris der Studenten und der Universität mit seinen eigenen Gesetzen auf einmal wieder da und meldete seine Rechte an.

Drei Teile hatte die Stadt Paris nämlich damals wie heute, das Linke Ufer oder *Quartier Latin,* auch kurz Universität genannt, wo die Behörden der Hohen Schule von Paris über die meist geistlichen Studenten und die Lehrer richteten und geboten, ohne daß sich andere einmischen durften. Dieser Stadt des Geistes und der ungebundenen Intelligenz lag auf dem rechten Seine-Ufer die Stadt der Händler gegenüber. Die Schiffe legten an den unbefestigten Ufern an; der Handel fand mitten in Paris statt, das Rechte Ufer war die bürgerliche, die reiche Stadt.

Dazwischen lag die damals einzige bewohnte Seine-Insel, die Ile de la Cité mit Notre Dame und den Wohnungen des begüterten Klerus. Die Ile Saint-Louis mit den schönen Adelspalästen wurde erst im siebzehnten Jahrhundert ein Wohnviertel.

François de Montcorbier, genannt Villon, lebte nicht braver und nicht schlimmer als die anderen Studenten auch, das heißt, er schlug sich manche Nacht um die Ohren, er war nicht immer in bester Gesellschaft und hatte sehr unterschiedliche Freundinnen. Seinem Ziehvater machte das dennoch nicht viel aus, denn François studierte mit ausgezeichnetem Erfolg und legte dank seiner hohen Intelligenz die Prüfungen für den Magistergrad nach der kürzestmöglichen Studienzeit ab. 1452 war er schon Magister und hatte nach damaliger Sitte das Recht, nun selbst Vorlesungen zu halten. Feste Bezüge waren damit jedoch nicht verbunden.

Da Villons Ziehvater zwar nicht arm, aber noch weniger reich genannt werden konnte und ohnedies schon für das ganze Studium aufgekommen war, standen dem jungen Magister nur zwei Wege offen. Er konnte sich entweder zu einem so berühmten Lehrer entwickeln, daß er von den Kollegiengeldern seiner vielen Hörer allein zu leben imstande war – oder er konnte so lange intrigieren, bis man ihm eine jener kleinen

Pfründen, etwa eine Kapelle, zuwies, von denen ein Mann, der nur die niederen Weihen erhalten hatte, recht ärmlich leben mußte.

Beides schien den Magister nicht sonderlich angezogen zu haben, denn er tat weder das eine noch das andere, sondern versuchte wie einige seiner Freunde, vom Pump und vom Spiel zu leben. Er hatte einen Kumpan aus guter Familie namens Regnier de Montigny, dem dies einige Jahre lang ganz gut gelang, der zunächst auch, der Familienverbindungen wegen, von den Gerichten mit Samthandschuhen angefaßt wurde, 1457 jedoch, obwohl seine Verwandten bis zum König vordrangen, dann doch baumelte. Das ging François Villon sehr nahe, war er selbst doch erst sechsundzwanzig Jahre alt. Aber zur Warnung ließ er sich's nicht dienen.

Es gab nämlich in dem Kreis um Villon eine ganze Anzahl junger Herren, denen dieses Leben recht gut bekam, die gute Posten erhielten und nicht mit dem Galgen Bekanntschaft machten. Magister François hielt eine Weile mit; als sie dann aber zu bürgerlich wurden, als sie ihre schönen Ämter dazu benützten, die empfohlenen Jungfrauen zu heiraten, da wandte sich Villon anderen Genossen zu, die nicht mehr so fein waren wie jene erste Gilde, aber sehr viel unterhaltsamer. Auch war die Grenze zwischen relativ harmlosen Streichen und ausgesprochenen Straftaten für einen Studenten, der selbst allerlei angestellt hatte, nicht immer so genau zu erkennen wie für einen trockenen Juristen, und Villon saß eben gern mit lustigen Kumpanen stundenlang in der Schenke, konnte man doch im fünfzehnten Jahrhundert, vor allem, wenn man jung, ledig und arm war, praktisch gar nichts anderes zu seiner Unterhaltung tun.

Die Verbindung zur Gesellschaft, zu den angesehenen Familien, hielt Villon nicht so sehr als Magister denn als Dichter aufrecht. Seine Verse, von denen uns gewiß nicht alle erhalten sind, seine Balladen, die noch heute auf uns wirken, das alles mußte ihn aus der Schar der jungen Intellektuellen herausheben. Er verkehrte in guten Häusern der Mittelschicht, beim Stadthauptmann und anderen Familien, nicht bei Hof, nicht beim höheren Adel – aber am liebsten saß er in seinen Stammschenken oder dort, wo ein paar muntere Mädchen um ihn waren.

Ein blutiger Zwischenfall beendete dieses Leben, das so viele führten, urplötzlich. Am Fronleichnamstag des Jahres 1455 saß François auf einer steinernen Bank in der Rue Saint-Jacques und plauderte mit einem Priester und einer jungen Frau. Das Bild war so friedlich, wie es nur sein konnte, aber zwei Männer, von denen mindestens einer Villon kannte, kamen die Straße herab. Es kommt zum Wortwechsel – wie die meisten Biographen Villons annehmen: wegen eines Mädchens – zu Handgreiflichkeiten. Villon wird durch einen Schwerthieb die Lippe gespalten, worauf er selbst das kurze

Schwert zieht, das die meisten Studenten unter dem Mantel tragen, und seinen Gegner niedersticht. Dieser, ein Priester namens Sermoise, erliegt bald darauf den Verletzungen, denn ein Stich in den Unterleib war damals noch gleichbedeutend mit dem Tod.

Da die anderen sich bei Beginn der Tätlichkeiten vorsichtig aus dem Staub gemacht hatten, fällt es schwer, die Notwehrsituation nachzuweisen. Aber François de Montcorbier, genant Villon, ist unbescholten, hat ausgezeichnete Verbindungen und vor allem: der tödlich verletzte Priester hatte in seinem Hinscheiden noch erklärt, er verzeihe Villon und wünsche keine Strafverfolgung, aus „bestimmten Gründen." Und das konnte man schließlich so auslegen, als habe sich Sermoise, als Priester, im Angesicht des Todes nicht mit der Schuld beladen wollen, einen Mann, den er angegriffen hatte, an den Galgen zu bringen.

Nach zwei Gnadengesuchen Villons wird acht

Monate nach der Tat der Freibrief ausgestellt, der Villon vor Verfolgungen wegen des Totschlags an Sermoise sichert. Nach acht Monaten... Und diese acht Monate hatte Villon natürlich nicht in einem Pariser Gefängnis zugebracht, denn die Gesuche hätten ja auch abschlägig beschieden werden können. Er hatte sich zunächst, und zwar gleich am Morgen nach der Tat, in Sicherheit gebracht, was damals vor den großen Zeiten der *Interpol* noch ziemlich einfach war: Gelang es einem Verbrecher oder Verdächtigen, Paris zu verlassen und sich irgendwo in der Umgebung verborgen zu halten, so brauchte er mit Verfolgung und Aufspürung eigentlich nur dann zu rechnen, wenn er eine schwere, die Öffentlichkeit erregende Untat begangen hatte. Was zwischen François Villon und dem Priester Sermoise vorgefallen war, fiel aber unter den Begriff des Zweikampfs, der Auseinandersetzung, und war damals beinahe alltäglich.

Ein Verfolgter, der sich aus gutem Grund verbirgt, kommt leicht in die Gesellschaft lichtscheuen Gesindels, das die gleichen Stätten und Winkel aufsucht, und es spielt dann keine Rolle, ob man in Notwehr getötet oder aber aus simpler Raubgier jemanden überfallen hat. François Villon war also in diesen acht Monaten seiner Flucht zweifellos schon in Gefahr, mit „richtigen" Verbrechern zusammenzukommen, also nicht mit jugendlichen Übeltätern, die in studentischem Übermut einmal ein Pariser Wahrzeichen verschleppten oder einen Stadtvogt ärgerten. Ob Villon schon damals, also im Herbst und Winter 1455, zu der großen Bande der Coquillards gestoßen ist, wurde bis heute weder bewiesen noch widerlegt; ein Großteil seiner Biographen vermutet es. Andere, wie der hervorragende Wiener Villon-Biograph Fritz Habeck, nehmen an, daß Villon, wie auch schon früher, teils vom Pump, teils von Frauen und Freunden gelebt habe und es jedenfalls noch nicht nötig hatte, sich im vollen Wortsinn kriminell zu betätigen.

Für unseren kurzen Abriß dieses Lebens ist die Frage, wann Villon Coquillard wurde, nicht sehr wichtig. Sicher ist, daß Villon nach seiner Rückkehr in die Stadt Paris zwar begnadigt war, daß seine früheren Gönner aber doch deutliche Unlust zeigten, den Umgang mit einem Totschläger wieder aufzunehmen. Ob schuldig oder nicht, er hatte nun das Leben eines Menschen, eines Priesters auf dem Gewissen, und damit kam er als Unterhalter und Rezitator in einer ganzen Reihe vornehmer Salons nicht mehr in Frage.

Enttäuschungen können bitterer empfunden werden als ein paar Monate Hunger und kargen Lebens. Was Villon während der Fluchtmonate vermutlich nicht nötig gehabt hatte, nämlich sich mit Verbrechern zusammenzutun, das erschien ihm nun, nachdem die Gesellschaft ihn fallengelassen hatte, als die natürliche Rache, und eine unglückliche Liebe tat ein übriges. Nicht ganz ein Jahr nach der Rückkehr nach Paris, im Dezember 1456, gelingt es Colin de Cayeux, einem herabgekommenen Studenten und Gewohnheitsverbrecher, Villon und einen Studenten namens Guy de Tabarie zu einem gemeinsamen Einbruch zu überreden.

Gegenstand des Unternehmens, das in seiner Durchführung manches aus dem Rififi-Film vorwegnimmt, war das reiche Collège de Navarre, eines jener großen Studentenwohnheime, wie sie die französischen Länder, aber auch zum Beispiel die Niederlande oder Schottland für ihre in Paris studierenden Landeskinder unterhielten. In der Schenke *Zum Maultier* wurde alles haarklein besprochen und Guy, der den Aufpasser machen sollte, in den Plan eingeweiht.

Um Mitternacht begaben die Männer sich auf den Mont Saint-Geneviève, einen Hügel auf dem linken Seine-Ufer, der heute das Pantheon trägt, und drangen in das Haus eines Mannes namens Saint-Simon ein. Hier blieb Guy de Tabarie mit den Überkleidern und den Waffen zurück, die nur Lärm gemacht hätten. Dann stiegen Colin, Villon und zwei andere über eine Mauer in den Hinterhof des Collège de Navarre. Mit Sperrhaken öffneten sie die Sakristei und in der Sakristei eine schwere Truhe mit vier Schlössern. Die Enttäuschung war groß, als nach der mühsamen Arbeit an den schweren Schlössern in der Truhe noch eine kleinere Kiste lag, die ebenfalls fest verschlossen und zudem an die Wände der Truhe gekettet war.

Im sorgsam abgeschirmten Licht einiger Kerzen arbeiteten die Kumpane noch an diesen letzten drei Schlössern, brachten sie auf, ohne Gewalt anwenden und damit Lärm machen zu müssen, und nun endlich lagen die Schätze des Kollegiums vor den unseligen Gesellen: eine Menge Papiere und Schriftstücke, die sie nicht anrührten, und fünfhundert Goldstücke – für jene geldknappen Zeiten ein großes Vermögen. Das Gold wanderte in einen mitgebrachten Sack, Kiste und Truhe wurden sorgfältig wieder verschlossen, und die Täter empfahlen sich so lautlos wie sie gekommen waren. Guy de Tabarie, der auf die Kleider aufgepaßt hatte und vom Schmierestehen in der Dezembernacht ganz steifgefroren war, will nur zehn Goldstücke für seine Mitwirkung erhalten haben; den eigentlichen Raub hätten sich – nach seinen Aussagen – die anderen geteilt.

Colin und seine Helfer waren so geschickt zu Werke gegangen, daß der Raub erst mehr als zwei Monate später entdeckt wurde, als aus irgendeinem Grund Geld aus jener Rücklage entnommen oder den Ersparnissen des Kollegiums hinzugefügt werden sollte. Die gerufenen Schlossermeister erklärten übereinstimmend, es seien sehr geschickte Diebe mit Sperrhaken am Werk gewesen, und sie müßten die Sakristeitüre ganz genau gekannt haben, um die

Riegel zurückdrücken und dann mit Haken und Drähten wieder zuziehen zu können. Das engte den Kreis der Verdächtigen naturgemäß ein. Dennoch kam man auf die Täter erst, als ausgerechnet Guy de Tabarie, der am wenigsten getan hatte, beim Wein in einer Schenke aus purer Angeberei berichtet hatte, er sei bei dem großen Ding im Collège de Navarre dabeigewesen. Zu diesem Zeitpunkt war François Villon freilich schon lange über alle Berge. Er hatte Paris noch im Dezember 1456 verlassen, und diesmal nicht für einige Monate, sondern für sechs Jahre.

Nun war François Villon kein Magister, der bei einem Zweikampf Pech gehabt und den Gegner ins Jenseits befördert hatte, nun war er ein Verbrecher, und es kann keinem Zweifel unterliegen, daß er, der A gesagt hatte, nun auch B sagte: Er gesellte sich zur *Coquille*, zu der größten Verbrecherorganisation des alten Frankreich.

Die *Coquille*, auf deutsch Muschel, war das Zeichen der Pilger, die Frankreich auf dem Weg nach Santiago de Compostela in Nordwestspanien durchquerten. Sie nähten sich eine Muschel an die Mütze, um als Pilger kenntlich zu sein, ihre Harmlosigkeit darzutun und stumm um Mahlzeiten oder Wegzehrung zu betteln. Die Wallfahrt des ganzen Mittelalters, sie schuf Straßen, sie ließ Hospize und Kirchen entstehen, sie machte Santiago reich und berühmt und läßt sich noch heute als eine kulturelle Kraft sondergleichen in den durchwanderten Zonen Frankreichs feststellen.

Die *Coquillards* hatten mit den Pilgern gemeinsam, daß sie sich an verschiedenen Orten aufhielten. Den Schauplatz der Tätigkeit zu wechseln, war damals das einfachste Mittel, um sich der Verfolgung zu entziehen. In ihrer Blütezeit zählte die Bande der Coquillards an die tausend Mitglieder, und die Schlösserknacker waren die angesehensten unter ihnen. Colin stand als Sohn eines Schlossers gewiß schon lange vor Villon mit den Coquillards in Verbindung, doch blieb Villon zu seinem Glück wohl nur kurz an der Seite des Colin de Cayeux, denn dieser trug zwar immer noch Tonsur und Habit des geistlichen Studenten, lebte aber als Falschspieler und Einbrecher so offenkundig von Missetaten, daß die weltlichen Gerichte, als sie ihn endlich hatten, ihn nicht an die Kirche auslieferten, sondern 1460 als Gewohnheisverbrecher in Montfauçon aufknüpften.

Auch Villon blieb nicht ganz ungeschoren, denn er mußte in diesen sechs Jahren immer wieder kleinere und größere Räubereien verüben, um leben zu können, und er berichtet uns in seinen Balladen in schöner Offenheit von den seltenen Festmahlen, die er sich dann leisten konnte, und von den weichen Betten, in denen er dann schlief.

Als Villon mit seinem Anteil an dem Raub im Collège de Navarre aus Paris flüchtete, hatte die

Bruderschaft der Coquillards soeben eine schwere Schlappe hinnehmen müssen: Die Polizei von Burgund hatte in einem Bordell dreizehn Angehörige der Organisation festgenommen, dem Jüngsten Gnade versprochen, wenn er die Geheimsprache der Gauner verrate, und dann mit den rauhen Methoden jener Zeit insgesamt siebenundsiebzig Namen aus den Gefangenen herausgepreßt. Die Verbrecher wurden zu Dutzenden gehängt, einzelne auch in Öl gesotten (eine Strafe, die zum Beispiel auf Falschmünzerei stand).

Davon wußte Villon natürlich ebensogut wie alle anderen Coquillards und hütete sich, den Boden Burgunds zu betreten. Fritz Habeck hat nachgerechnet, daß der unstete Dichter auf diesem Flucht- und Raubzug in den Landschaften Orléannais und Languedoc insgesamt an die viertausend Kilometer zurückgelegt hat, natürlich zu Fuß und ohne einer Arbeit nachzugehen. Ehrlichen oder standesgemäßen Erwerb ermöglichten ihm in dieser Zeit lediglich einige Fürsten wie der Herzog von Bourbon in Moulins und der Herzog von Orléans in Blois, denen er nach Art der fahrenden Sänger seine Balladen vortragen durfte und dafür beschenkt wurde. Daß er auch in Angers weilte, wo Herzog René I. einen kunstsinnigen Hof hielt und Theater spielen ließ, ist ziemlich wahrscheinlich, aber nicht mit Sicherheit bewiesen.

Auch im mittelalterlichen Frankreich konnte man aber nicht jahrelang umherziehen und in erster Linie vom Verbrechen leben, ohne gelegentlich ertappt zu werden. Die Ortschaften und auch die Städte waren noch klein; jeder Fremde fiel auf, und Villon war nun einmal einer jener Fremden, die man anhielt, wenn irgendwo ein Diebstahl oder ein Überfall passiert war.

Aus Villons Begegnung mit den Gerichten wissen wir, daß er sich in den Jahren 1458–61 im wesentlichen zwischen dem südfranzösischen

Blois, der Stadt Orléans und dem Städtchen Meung an der Loire herumtrieb. 1460, in Orléans, war er dabei zum Tode verurteilt woren, hatte aber das Glück, an dem Tag begnadigt zu werden, da eine kindliche Prinzessin zum erstenmal die Stadt betrat. Aus solchen Anlässen gab es damals in der Regel Amnestien, und man ließ vielleicht dem Dichter, den der Fürst ja kannte, diese Gnade lieber zukommen als irgendeinem anderen.

1461 wurde Villon abermals in Orléans verhaftet und vom Bischof, der die gnädige Gesinnung des Landesherrn diesem Dichter gegenüber kannte, in das Gefängnis von Meung geworfen. Hätte der Bischof die Todesstrafe verhängt (die ein kirchliches Gericht nicht vollziehen lassen durfte), wäre Villon abermals dem Herzog überstellt worden und vielleicht wieder freigekommen. Also zog der Bischof es vor, den jungen Pariser Magister ausgiebig foltern und in den tiefsten Kerker werfen zu lassen, wo François Villon gewiß zugrunde gegangen wäre – hätte es nicht abermals eine Amnestie gegeben.

Diesmal war es keine Prinzessin, sondern Frankreichs König Ludwig XI., einer der energischsten Herrscher in der Geschichte des Landes, der durch Meung kam und nach der Sitte der Zeit den Gefangenen, die darum baten, einen Gnadenbrief ausstellen ließ. Der wortgewandte Villon witterte seine Chance und ließ neben den kleinen Raubzügen seiner Wanderjahre auch den großen Pariser Einbruch in diesen Gnadenbrief aufnehmen und tatsächlich verlangte man von ihm später zwar die Schadensgutmachung, aber er wurde nie für diesen Einbruch bestraft.

Folter und mittelalterliche Haft, angekettet, auf Stroh, in einem kalten und feuchten Keller, das muß nach den Entbehrungen seines unsteten Lebens Villons Lebenskraft ganz erheblich geschwächt haben. Und da er nun begnadigt war, kehrte er ohne sonderliche Umwege nach

Paris zurück.

Hier wartete kein leichtes Leben auf ihn. Die gestohlenen Goldstücke aus dem Collège hatten zum Teil der Schule selbst, aber zu einem sehr kleinen Teil auch dem Pedell gehört, und der konnte beim besten Willen nicht auf seine Ersparnisse verzichten. Guy de Tabarie und Villon mußten sich verpflichten, in den ihnen möglichen Raten Rückzahlungen zu leisten, und das war gleichbedeutend mit sehr viel dürrer Brotarbeit.

Dennoch scheint Villon zumindest Ansätze gemacht zu haben, sein Leben ins reine zu bringen, die Schuld abzutragen, mit einem Wort: ehrlich zu werden. Und wie es so ist, kam ausgerechnet in diesem Augenblick die Pariser Stadtwache und verhaftete Villon, der so viel verbrochen hatte, wegen einer Übeltat, für die er nun wirklich nichts konnte. Er hatte mit Freunden gezecht, dann die Runde zu sich eingeladen und unterwegs in einer Schreibstube noch Licht gesehen. Studenten und Schreiber waren die feindlichen Brüder der einen großen Familie, die Analphabeten bildeten die andere. Also verspotteten die Betrunkenen auf der Straße die Emsigen hinter den hellen Fenstern, diese aber stürzten heraus, entführten den lautesten Schreier ins Haus, und es kam zu einer Schlägerei.

Als Villon am nächsten oder übernächsten Tag mit schmerzendem Schädel und einem fürchterlichen Kater im Stadtgefängnis erwachte, eröffnete man ihm, daß er in einem Schnellverfahren zum Tode verurteilt worden sei. Es gab damals Todesstrafen für eine Unmenge Delikte, vom Hühnerdiebstahl aufwärts. Aber in diesem Urteil schwang gewiß die Freude mit, den Einbrecher vom Collège de Navarre nun trotz königlichen Freibriefs der verdienten Strafe zuführen zu können.

Nun, in Paris, im Angesicht des berühmten Galgens, den er so genau kennt, erlebt Villon die herrliche Ballade, die er früher geschrieben hat, am eigenen Leib und in grausamer Wirklichkeit:

Ihr Menschenbrüder, die ihr nach uns lebt,
laßt euer Herz nicht gegen uns verhärten,
denn alles Mitgefühl, das ihr uns gebt,
wird Gott dereinst euch um so höher werten.
Ihr seht uns hier gehängt, fünf, sechs Gefährten:
Und wenn das Fleisch, das wir zu gut genährt,
verfault sein wird, von Elstern ganz verzehrt,
und wir Skelette, Asche, Staub und Bein –
dann haltet uns mehr als des Spottes wert
und bittet Gott, er möge uns verzeihn!

Daß François de Montcorbier, genannt Villon, bei dieser Gelegenheit dem Galgen noch einmal entrann, wissen wir. In höchster Not wandte er sich an seinen Ziehvater, und der mit Freude über seinen Stiefsohn nicht eben verwöhnte Herr de Villon kannte glücklicherweise andere

Herren von einigem Einfluß, so daß die Todesstrafe in eine zehnjährige Verbannung aus Paris umgewandelt wurde.

Das war im Januar 1462, und der schon berühmte und zugleich berüchtigte Räuberdichter war trotz dreimaliger Todesnot und ungezählter kleiner und größerer Übeltaten noch kaum mehr als dreißig Jahre alt. Um so seltsamer ist es, daß wir seit diesem letzten und erzwungenen Abgang von Paris nichts mehr von Villon hören, gar nichts, ganz so, als wäre er tags darauf gestorben.

Er ist vollständig untergetaucht, hat sich auch 1468 nicht gemeldet, als sein Ziehvater starb und das Vermögen de Villons an zwei andere verteilt wurde, er ist verschollen. Auch der erste Druck seiner ja nur in Abschriften verbreiteten Werke im Jahr 1489 lockte François Villon nicht aus der Verborgenheit.

1468 galt die Verbannungsstrafe noch, Villon hätte bei einer Reise nach Paris oder auch nur in die Umgebung den Tod riskiert, und vielleicht hat er von der Erbschaft überhaupt nichts erfahren. Aber 1489, als seine Werke ein großer Erfolg wurden und die jungen Druckerpressen vier Auflagen hintereinander herstellen mußten, da lag nun ein Anlaß vor, der einen Dichter beinahe von den Toten auferwecken könnte.

Wir müssen also annehmen, daß der Umgetriebene irgendwann zwischen 1472, dem Ablauf der Verbannungsfrist, und 1489, dem Erscheinen der ersten gedruckten Villon-Ausgabe, das Zeitliche gesegnet hat. Aber es ist durchaus möglich, daß er schon auf dem Weg in einen angenehmen Verbannungsort in einer Kneipe erschlagen wurde, daß er sich bei einer Nacht im Freien eine Lungenentzündung holte (denn er wanderte ja im Januar aus Paris fort) oder schließlich, daß ihn irgendwo ein Henker richtete, dessen Buchführung zu wünschen übrig ließ. In einem Land, in dem sich spanische, britische und deutsche Armeen, die Hugenotten, die Königlichen und Söldner aus der Schweiz mit kurzen Pausen immerzu bekriegten, brauchen sich Gerichtsakten aus der Provinz nicht unbedingt erhalten zu haben...

Um 1500 konnten die kleinen Leute im allgemeinen noch nicht lesen; François Villon hatte also Tausende von Freunden aus jenen besseren Ständen gefunden, die ihn seinerzeit, als er, seine erste Missetat bereuend, nach Paris zurückgekehrt war, so gnadenlos fallenließen. Aber es war eine Sympathie, die zweifellos dem Dichter und Rebellen Villon, nicht dem Coquillard galt.

Deutliche Sympathie für einen echten Banditen war in Frankreich seltener als in Italien, Spanien oder Deutschland, und die berühmteste Ausnahme, der Räuberhauptmann, den alle liebten, das war Louis Dominique Bourguignon, genannt Cartouche (1693–1721), Sohn eines Pariser Böttchers und Jesuitenzögling.

Cartouche entlief schon bedeutend früher aus Paris als François Villon. Er hatte auf einem Marktplatz ein paar Taler gestohlen, fürchtete die Strafe und machte sich aus der Stadt davon. Bei den Jesuiten hatte er lesen und schreiben und sogar ein wenig Latein gelernt. Er war aufgeweckt, mutig und mit jenem Ganovencharme begabt, der in der Seinestadt bis heute heimisch geblieben ist und den französischen Kriminalreißern ihr besonderes Gepräge gibt.

Cartouche, der mit zwölf Jahren diesen Ehrennamen natürlich noch nicht führte, war in seiner ersten Nacht auf freiem Felde todmüde und hungrig eingeschlafen. Als er von der Morgenkühle erwachte, sah er rings um sich merkwürdiges Volk versammelt, Leute, die sich so kostümiert hatten, als wollten sie Theater spielen. Das waren Zigeuner, in Frankreich *Bohémiens* genannt. Cartouche tastete nach seinen Silberstücken – sie waren allesamt verschwunden; aber noch ehe er darüber in Zorn geraten konnte, reichte ihm eine hübsche junge Zigeunerin mit einem zärtlichen Blick eine dampfende Tasse Suppe. Nie zuvor hatte ihm etwas so gut geschmeckt wie diese kräftig duftende Brühe. Er trank sie gierig in sich hinein, erhielt eine zweite Tasse, und erst, als er auch diese geleert hatte, blickte er sich um: In kleinen Gruppen lagerten die Bohémiens um ihn herum. Von einigen Feuerstellen stieg der Rauch in den Himmel und vermengte sich mit dem Morgennebel auf dem weiten Feld.

„Deine Taler, Kleiner, die haben wir an uns genommen", sagte eine Alte zu ihm und strich ihm über das Haar, „denn wenn ein Junge wie du so viel Geld bei sich führt, weiß die Polizei gleich, daß er ein Dieb ist. Wir tun alles zusammen, was wir haben, und wir leben aus dieser gemeinsamen Kasse. Wenn du nicht nach Paris zurück willst, kannst du bei uns bleiben."

So ungefähr erzählt die erste, schon ein Jahr nach dem Tod des großen Bandenführers erschienene Biographie seine Anfänge. Wie Villon fand Cartouche also bereits eine Bande vor, die ihn aufnahm, und wenn auch nicht alle Zigeuner, Räuber und Diebe waren, so leiten die nomadischen Zigeunergruppen im alten Frankreich doch in gewissem Maß von ihrer Geschicklichkeit bei kleineren oder größeren Diebstählen.

Als Cartouche zu ihnen stieß, hatten sie eben ihren großen Kapitän verloren, der ebensowenig ein Zigeuner gewesen war wie Cartouche. Er hieß Charles-Michel Goussard und war in dem Dorf Bineuil-le-Comte, also als anständiger Franzose, bei Chartres geboren worden. 1667 hatten die Gerichte zum erstenmal ernsthaft mit ihm zu tun: er wurde wegen Bandendiebstahls und Straßenraubs zu den Galeeren verurteilt, und zwar auf Lebenszeit. Das bedeutete nicht unbedingt, daß er als Ruderer auf einem der Mittelmeerschiffe Frankreichs Dienst tun mußte; unter die Bezeichnung „Galeere" fiel auch die Verschickung in die Kolonien, die Zwangsarbeit und andere unangenehme Beschäftigungen. Goussard aber, der ein intelligenter und geschickter Mann gewesen sein muß, verstand es, schon nach zehn Jahren wieder auf freiem Fuß zu sein, obwohl seine Strafe auf lebenslänglich gelautet hatte.

Charles-Michel Goussard legte sich nun, von so viel Glück ein wenig übermütig gemacht, einen *Nom de Guerre*, einen jener klangvollen Namen zu, wie wir sie auch bei deutschen Räubern finden, nannte sich aber statt Hannes oder Hiasl hochtrabend Marquis d'Ambreville. Mit einer Bande, die zwischen zwölf und zwanzig echte und falsche Zigeuner umfaßte, machte er die Umgebung von Paris unsicher, beging eine Unzahl von Raubüberfällen und auch eine nicht unbeträchtliche Zahl von Morden, ohne daß man ihm selbst irgendeines dieser Verbrechen eindeutig hätte nachweisen können. Wiederholt gefangengenommen, mußte er dennoch immer wieder in Freiheit gesetzt werden, im

Jahr 1685 sogar von La Reynie, dem gefürchteten Polizeichef Ludwigs XIV.

Nun aber, da ein La Reynie, den selbst der Adel fürchtete, ihn nach vierzehn Tagen hatte laufen lassen, nun wurde Goussard, genannt d'Ambreville, unvorsichtig und feierte mit seinen Kumpanen, Männern, Frauen und Mädchen, vor den Toren von Paris eines jener heidnischen Feste, durch die das Völkchen der Bohémiens bei den gesetzten Bürgern ärger in Verruf geraten ist als durch ein paar Hühnerdiebstähle. Denn das Stehlen hätten die Pariser den Zigeunern noch verziehen; dann aber um ein Feuer herumtanzen, gestohlene Schafe und Hühner am Spieß braten, gestohlenen Wein trinken und es sich eine lange Sommernacht hindurch wohlsein lassen, das war zuviel, das war ganz einfach Gotteslästerung, Heidentum, Sünde...

So hielten denn im Juli 1686 Charles-Michel Goussard, genannt d'Ambreville, sein Sohn und zwölf andere männliche und weibliche Bandenmitglieder abermals Einzug in das Gefängnis Petit Châtelet, nachdem sie nur vierzehn Monate lang in Freiheit gewesen waren. Sie hatten allzusicher angenommen, ihnen könne nichts mehr passieren, sie hätten ihre Götter auf ihrer Seite und die seien stärker als der eine Christengott.

Am 19. Juli 1686 wurde d'Ambreville wegen Gotteslästerung dazu verurteilt, vor der Kathedrale von Notre Dame im Hemd, einen Strick um den Hals, Buße zu tun. Danach wartete auf ihn die alte Strafe für die Lästerung: Man schnitt ihm die Zunge heraus. Mit zwei Schildern um den Hals, auf denen sein Verbrechen geschrieben stand, schritt er dann auf den Grève-Platz zu, eine zur Seine hin offene freie Fläche inmitten der Händlerstadt Paris auf dem rechten Ufer. Dort bestieg er den Holzstoß und wurde bei lebendigem Leibe verbrannt. Ihm war kein Aufschub und keine Berufung gegen den Urteilsspruch gewährt worden, und seine Asche wurde in die Winde verstreut.

Tags darauf wurden die übrigen Bandenmitglieder mit Ruten geschlagen und mit der Bourbonischen Lilie gebrandmarkt. Man hat von ihnen nicht mehr viel gehört. Eine alte Zigeunerin sagte bei einem späteren Verhör einmal aus, sie sei als Achtundzwanzigjährige damals, nach der Hinrichtung d'Ambrevilles, gebrandmarkt worden, und ein Neffe des Räuberhauptmanns wurde in den Niederlanden wegen schwarzer Magie und Hostienzaubers gefangengesetzt. Die Sippe konnte also von der Gotteslästerung nicht lassen.

Cartouche war irdischer eingestellt. Gotteslästerung brachte nichts ein und war, wie das Beispiel d'Ambrevilles zeigte, gefährlicher als andere Untaten. Da machte es schon sehr viel mehr Spaß, sich unter der Anleitung seiner neuen Freunde in einer ganzen Reihe von Handfertigkeiten zu vervollkommnen, die man in einem Räuberleben gut gebrauchen konnte.

Nach drei Jahren dieses Wanderlebens, noch nicht sechzehn Jahre alt, war Cartouche schon geschickt und stand seinen Mann. Aber als er sich eben zu den ersten größeren Unternehmungen anschicken wollte, erkrankte er schwer und seine Kumpane konnten nichts Besseres für ihn tun, als ihn mit seinem Beuteanteil in das Hospital von Rouen zu bringen. Dort nahm man sich, wohl mehr wegen des Geldes, des kranken Jungen an und sandte nach Paris Botschaft. Ein Verwandter kam die Seine herabgereist und holte Louis Dominique heim ins Vaterhaus an der Rue du Pont-aux-Choux, was zu deutsch Kohl-Brücke heißt. Die Straße, die ihren Namen noch nicht lange hatte, war eigentlich nur ein Weg zwischen der Stadtmauer und den Gemüsefeldern, aber Cartouche hatte nun doch schon mehr kennengelernt als dieses Leben am Stadtrand, hinter dem Saint-Louis-Tor; ihn lockte das schweifende Leben auf den Landstraßen, in den Wäldern, die Nächte unter freiem Himmel mit Freunden und Mädchen. Und ehe die Eltern es sich versahen, war Louis Dominique Bourguignon aus der väterlichen Werkstatt verschwunden und abermals Cartouche geworden, nun aber für immer – das heißt: für den Rest seines kurzen Lebens.

Angesichts eines schlanken, mutigen und intelligenten Helden, wie Cartouche einer war, haben Legendenerzähler und Romantiker leichtes Spiel und haben aus Cartouche sehr schnell einen Rebellen, einen Volksbefreier, ja einen Republikaner gemacht. Daran ist mindestens so viel wahr wie an der Legende um Robin Hood, denn in den letzten Regierungsjahren des Sonnenkönigs hatte Frankreich eine schlechte Zeit. Marlborough und Prinz Eugen, zwei große Feldherren, besiegten die französischen Truppen immer wieder. Die großen Eroberungen des Sonnenkönigs gingen verloren, die langen Kriege hatten das Land in Schulden gestürzt, aber auch in Armut und in manchen Jahren in ausgesprochene Hungersnot. Cartouche, der Bandit, der rund um Paris machte, was er wollte, dem kein Polizeitrupp gewachsen war, wurde zum Abgott des kleinen Volkes, dem der Brotkorb so hoch hing wie nie zuvor. Jeder geglückte Überfall, der einen der Reichen oder Mächtigen traf, wurde in ganz Paris bejubelt. Ein Jahrhundert vor der großen Französischen Revolution erzeugte Cartouche mit seiner Bande bereits Gefühle, die durchaus revolutionär genannt werden mußten.

Als der große alte König die Augen schloß und Philipp von Orléans als Regent für Ludwid XV. die Macht in die Hand bekam, besserte sich zwar die wirtschaftliche Lage, weil keine Kriege mehr geführt wurden, aber der Regent und seine Minister führten ein so sittenloses Leben, daß die Pariser auf diese neuen Herren nicht besser zu sprechen waren als auf den alten Klüngel in Versailles.

Cartouche tritt uns aus dieser Welt des Verfalls und der Korruption als eine durchaus moderne Erscheinung entgegen und arbeitete mit Methoden des organisierten Gangstertums unserer Tage. Er besoldete einzelne Polizeibeamte regelmäßig, um immer informiert zu sein, wenn gegen ihn etwas geplant wurde. Er wußte genau, daß der Regent nur mit halbem Herzen gegen ihn vorging, weil die vielen schönen Frauen am Hofe dieses Wollüstlings insgeheim alle mit Cartouche sympathisierten, weil Cartouche das Tafelgespräch war und die Phantasie der Schönen in einem so hohen Maße beschäftigte, daß man den attraktiven Banditen ganz einfach nicht auslöschen konnte wie einen beliebigen Straßenräuber. Dank dieser allgemeinen Beachtung, ja Liebe und Verehrung war Cartouche schließlich zu einer echten Gefahr nicht nur für diese oder jene Brieftasche geworden, sondern für das ganze Regime, und das war der Augenblick, da Frankreichs durchtriebener

Premierminister, Kardinal Dubois, sich über den Regenten hinwegsetzte und sich selbst der Sache annahm.

Dubois, aus kleinen Verhältnissen skrupellos aufgestiegen, vom Hauslehrer zum Minister und Kirchenfürsten geworden, war ein Meister der Intrige und der Spionage und in diesen Bereichen für seine Zeit ebenso erstaunlich modern wie Cartouche als Bandit und Bandenführer. Er wußte, daß die Polizei Cartouche niemals fangen würde, wenn ihr die Pariser Unterwelt nicht zu Hilfe kam, und darum nützte er die schwelende Rivalität zwischen der jungen, strahlenden Heldenfigur des beliebten Cartouche und dem alten Bettlerkönig von Paris, der in dem großen Cour de Miracle, dem labyrinthischen Unterweltghetto von Paris, bis dahin unangefochten über das gesamte lichtscheue Gesindel von Paris geherrscht hatte.

Während auf dem flachen Land jeglicher private Waffenbesitz verboten wurde und Haussuchungen Unmengen an Waffen zutage förderten, um Cartouche einen größeren Aufstand unmöglich zu machen, gingen die Späher des Bettlerkönigs ans Werk. La Reynie, der Polizeichef des Sonnenkönigs, hatte zwar ein Menschenalter zuvor den größten der Mirakelhöfe, eine Bettlerstadt von fünftausend Einwohnern, von der Armee stürmen lassen, aber das Bettlertum in Paris blieb organisiert bis in die Zeiten der Revolution, und darauf gründete Kardinal Dubois seine Hoffnungen.

Im Herbst 1721 erhielt Dubois den entscheidenden Hinweis. Cartouche war immerzu von einer Menge hübscher Mädchen umgeben, die er, um sich die Vornamen nicht merken zu müssen, unterschiedslos *ma belle* nannte. Obwohl Cartouche eine kluge und schöne Braut hatte, die Jeanneton hieß, eine richtige Räuberbraut mit Mut und Festigkeit in jeder Lage, ließ er von den anderen Mädchen nicht, und wenn die hübschen Dinger untereinander schwatzten, wo sie Cartouche treffen würden, dann hörten dies die tausend Ohren des Bettlerkönigs.

Im Oktober 1721 klappte die Falle zu; Cartouche war gefangen und man machte ihm den Prozeß. Wie ein Unterweltsfürst unserer Tage empfing er im Kerker Schriftsteller, die sein Leben auf die Bühne bringen wollten, und Schauspieler, die hofften, den Cartouche spielen zu dürfen.

Während die Revolution der Habenichtse, die schon in der Luft gelegen, sich wieder verflüchtigte, folterte die Justiz nicht etwa nur Cartouche, sondern auch die blonde Jeanneton, ihrer Schönheit wegen in Paris Venus genannt. Sie schwieg trotz aller Schmerzen, aber sie hätte ebensogut reden können, denn zu retten war Cartouche nun nicht mehr: Am 29. November 1721 mußte er aufs Rad, das heißt, man brach ihm auf dem Grève-Platz öffentlich die Glieder und zertrümmerte zuletzt seinen Brustkasten.

Cartouche war bis zum letzten Augenblick

fest und ruhig geblieben, selbst im Angesicht dieser grausamsten Hinrichtungsart. „Sein Verstand und seine Festigkeit bewegten viele dazu, ihn und sein Schicksal zu beklagen", schrieb der Chronist Barbier, ein Advokat, in sein Tagebuch, und Cartouche zeigte den Parisern, daß er sich nicht fürchtete. Als letzten Wunsch erbat er sich ein Glas Wein, leerte es in einem Zug, umarmte und küßte Jeanneton vor aller Augen und legte sich dann selbst zwischen die Pflöcke.

Jeanneton aber, die auf der Folter kein Wort gesagt hatte, wütete nach dem Tod des Geliebten wie eine Rachegöttin. Mit einer Genauigkeit und einem Gedächtnis, bei dem den Herren Richtern der Neid aufstieg, nannte sie jeden Hehler, jeden geheimen Gönner, jeden bestochenen Polizisten, jeden Bürger, der von Cartouche gekauft, jedes Stück Spitze, das die vornehmen Damen trugen, obwohl es aus Raub- und Schmuggelgut stammte. Und sie erlebte es noch, daß an die hundert Menschen, die sich als Freunde des großen Banditen bezeichnet, ihm aber nicht geholfen hatten, in sein Verderben hineingezogen wurden, indem sie selbst die Todesstrafe erlitten, ihre Ämter verloren oder als Verbannte Paris verlassen mußten.

Rinaldo Rinaldini

So schön sein Name klingt, nicht er ist der berühmteste und auf der ganzen Welt bekannteste aller Räuber, sondern der Brite mit dem kurzen und schmucklosen Namen Robin Hood. Der Ruhm des Rinaldo Rinaldini ist auch nicht so sehr krimineller als literarischer Natur, denn er gründet sich auf einen der erfolgreichsten Romane, die je in deutscher Srache geschrieben wurden.

Bevor uns aber die Romangestalt an ihre breite Brust nimmt, gestatten wir uns einen raschen Blick auf Tante Voss, wie die einzigartige *Vossische Zeitung* ehrfurchtslos genannt wurde, denn in ihrem Jahrgang 1786 findet sich im Anschluß an die letzten Berichte über die Pariser Halsband-Affäre das Wenige, was wir von Rinaldo Rinaldini sicher wissen. In einigen dürftigen, aber verläßlichen Umrißlinien ist hier der historische Abruzzenschreck gezeichnet:

„Im päpstlichen Staate", lesen wir in der *Vossischen Zeitung* Nr. 43 vom März 1786, „zieht ein Trupp von dreißig Bösewichtern umher, die Raub und Schleichhandel ausüben und, obschon sie verfolgt werden, doch immer den Händen der Gerechtigkeit sich entwinden. Vor einiger Zeit wurden sie vom Monte Maggiore im Gebiet von Urbino verjagt, und nun befinden sie sich alle beisammen auf einem Landgute bei Rimini in der Romagna, wo sie aber von den päpstlichen Truppen aus Ancona umringet worden sind und blockiert werden."

Der Kirchenstaat war um jene Zeit sehr viel größer als jene Vatikanstadt am Rande Roms, die Mussolini den Päpsten eingeräumt hat. Der Papst gebot über weite Teile Mittelitaliens, aber die in früheren Jahrhunderten recht tüchtigen päpstlichen Truppen waren um die Wende zum neunzehnten Jahrhundert vermutlich die schlechtesten Soldaten in ganz Europa. Vor allem Räubern oder auch nur dem Straßenpöbel gegenüber verhielten sie sich derart hasenherzig, daß Reisende selbst in der Stadt Rom ihres Lebens und ihres Eigentums nicht sicher sein konnten. Wenn diese Truppen tatsächlich Rinaldo Rinaldini eingeschlossen hatten, so bedeutete das, daß sie mindestens zwanzigmal so stark waren wie seine Bande. Dennoch zauderten sie noch einen ganzen Monat mit dem Angriff und konnten dann trotz ihrer Übermacht nicht verhindern, daß ein Teil der Räuber entfloh:

„Die päpstliche Macht", meldet die *Vossische Zeitung* fünf Wochen später, „hat endlich die zu Montebello verschanzte Räuberbande, dreißig Mann stark, glücklich von dort vertrieben. Rinaldini, ihr Anführer, wehrte sich zwar sehr beherzt; allein er ward übermannt und verlor dabei das Leben. Der Bandit Zulini, der ihn verriet, ist für diesen Dienst reichlich belohnt worden."

Fünf verwundete Räuber entrannen so gut wie waffenlos dem Debakel, in das ihr Genosse Zulini die Bande gelockt hatte, und flohen in das prächtige Schloß des Grafen Carpegna, einen jener Adelssitze, die es an Reichtum und Ausstattung mit ganzen Residenzen aufnehmen können. Die päpstlichen Truppen unter ihrem Kommandanten, einem Leutnant Piccoli, umzingelten das Schloß, wagten aber nicht, es zu stürmen, da die Räuber hin und wieder einen Schreckschuß abgaben und Piccoli zwar ihre geringe Zahl, nicht aber ihre geringfügige Bewaffnung kannte. Also wurde beschlossen, an den herrlichen Bau Feuer zu legen und die Banditen auszuräuchern. Der Schaden, der dabei entstand, übertraf den gesamten Schaden, den Rinaldo Rinaldini in vielen Jahren emsigen Raubes angerichtet hatte, um ein Vielfaches...

„Der Schaden, den das Schloß erlitt, ist unbeschreiblich und unersetzlich", klagt die *Vossische Zeitung* in einem Bericht vom 22. Juli 1786, „und in neueren Zeiten selbst von feindlichen Truppen beispiellos. Das ganze Dach, von beträchtlichem Umfang, mit allen kupfernen Rinnen, die kostbarsten Zimmereinrichtungen, herrliche Gemälde der größten Meister, darunter Stücke von Raffael und Michelangelo und vielen anderen, das Archiv, die zahlreiche Bibliothek, alles wurde ein Raub der zur Bezwingung von fünf unmächtigen Räubern angelegten Flammen, wozu ein sehr überlegenes Korps von Truppen die Zuflucht nahm, zu feigherzig, einen Angriff zu wagen."

Damit kennen wir also das Ende, den Untergang einer Räuberbande. Einen Untergang in dem teuersten Feuer, das sich denken läßt, weil die Flammen mit den Gemälden alter Meister und einer berühmten Bibliothek unterhalten wurden. Aber nicht dieser Brand machte den

Ruhm Rinaldinis aus, der bereits tot war, als seinetwegen noch ein Schloß in Flammen aufging. Der Ruhm des Räuberhauptmanns ist vielmehr darauf zurückzuführen, daß ein Mann namens Christian August Vulpius, beim Tod des großen Übeltäters erst vierundzwanzig Jahre alt, den Räuber mit dem wohlklingenden Namen zum Helden eines seiner vielen Romane erwählte und zweifellos auch einige Nachforschungen über Rinaldini anstellte. Nicht alles, was dabei zum Vorschein kam, eignete sich dazu, deutschen Lesern und vor allem Leserinnen vorgesetzt zu werden, also sorgte Vulpius für eigene Zutaten und Ausschmückungen und gab dem Rinaldini vor allem ein edles Herz, und dieses Herz hatte sehr viel Verlangen nach Zärtlichkeit. Rinaldo ist also zeit seines Lebens neben dem Rauben vor allem mit dem Herzensbrechen beschäftigt, und man geht wohl in der Annahme nicht fehl, daß diese Nebenbeschäftigung ihm das Interesse der weiblichen Leser in noch höherem Maße sicherte als seine Halsabschneidereien in den Bergen des sonst so stillen Urbino.

Die Geschichte des großen Räubers hat niemand ausführlicher und eindringlicher erzählt als Vulpius, und sie sieht bei ihm etwa so aus:

Rinaldo Rinaldini ist auf Sardinien geboren, Sohn eines Bauern, der aber nicht auf dem väterlichen Hof aufwächst, sondern durch eine Reihe besonderer Umstände mitten in der Wildnis, bei einem Einsiedler. Rinaldo wächst zu einem ungebärdigen, aber schönen und aufrechten jungen Mann heran, den es zum Militär zieht. Aber er vermag sich nicht unterzuordnen, wird wegen Ungehorsams zur Verantwortung gezogen und erdolcht seinen Vorgesetzten. Er flieht in die unzugängliche Bergwelt des Apennin und lebt dort, wie andere Deserteure, als Räuber. Bald spricht ganz Italien von ihm, um so mehr, als er sich zwischen seinen Raubzügen immer wieder in guter Kleidung in die Städte wagt oder auf Schlössern des Adels zu Gast ist. Dabei wirkt er wohl ein wenig bizarr, besticht aber durch sein gutes Aussehen und die Kraft seiner Persönlichkeit.

Bei seinen Räubereien in den Bergen wird Rinaldo mit einer Bauerntochter namens Aurelia bekannt und verliebt sich in sie. Daß sie nach der Sitte der Zeit einen ungeliebten Mann heiraten muß, weil die Eltern es so wollen, bestätigt ihm, wie verworfen die Welt ist, und er fühlt das Recht in sich, mit Gewalt einzugreifen. Natürlich siegt er über Aurelias Gatten, Aurelia aber hat nichts mehr davon, denn Rinaldo muß dieser Tat wegen Mittelitalien verlassen und nach Neapel fliehen.

In dieser Stadt knüpfen sich zwei entscheidende Beziehungen an: Olimpia, ein Mädchen von leichten Sitten, entdeckt ihr Herz für Rinaldo, befreit ihn auch nach einem unglücklichen Gefecht gegen die Soldaten und tritt später immer wieder auf. Wichtiger als sie aber wird für Rinaldo ein geheimnisvoller alter Mann, genannt der Alte von Fronteja, der als Haupt eines großen Geheimbundes Rinaldo dafür gewinnen möchte, auf Korsika für die Unabhängigkeit dieser Insel gegen die Franzosen zu kämpfen.

Auf Reisen, die meist unter dem Druck listiger Verfolger unternommen werden, lernt Rinaldo Rinaldini eine Reihe von Inseln kennen, die auch heute noch gelegentlich als Verbannungsorte für Gesetzesbrecher herhalten müssen: Pantelleria zum Beispiel, aber auch Lampedusa und schließlich sogar die Liparischen Inseln. Da es ihm immer wieder gelingt, seine Verfolger abzuhängen und in die dichten Waldungen Mittelitaliens zurückzukehren (von denen heute allerdings nicht mehr viel übrig ist), nimmt bald das ganze italienische Volk an diesem Kampf seines Helden lebhaften Anteil und hilft ihm, wo immer er auftaucht. Ein Lied vor allem, das Räuberlied in nicht weniger als elf

Strophen, singen die Gassenjungen des ganzen Landes:

> In des Waldes düstern Gründen
> Und in Höhlen tief versteckt,
> Ruht der Räuber allerkühnster,
> Bis ihn seine Rosa weckt...

Obwohl er aber die Liebe des Volkes spürt, obwohl es ihn glücklich macht, den Reichen zu nehmen und den Armen zu geben und als Räuber stets ritterlich aufzutreten, gehört seine Sehnsucht dem friedlichen Leben in Liebe und ewigem Frühling. Deshalb versucht er auf die Kanarischen Inseln zu entrinnen. Aber sein Schicksal ist nun einmal das gewalttätige Leben. Die Flucht in den Frieden scheitert an widrigen Umständen. In den Kellern des Schlosses der Gräfin von Ventimiglia (die niemand anderer ist als Olimpia) macht er die für ihn lebensgefährliche Entdeckung einer großen Falschmünzerwerkstatt:

„Mit festem Schritt und leisem Tritt ging er

weiter und kam am Ende der Galerie an eine gleichfalls verschlossene Tür. Er öffnete sie und trat in einen kleinen Saal, dessen Wände auch mit Bildern und Leuchtern behängt waren. Eine Tür, die nicht verschlossen war, führte in ein Zimmer. Dieses war möbliert und zeigte Spuren, daß es von Menschen besucht wurde. – Er stand, lauschte und hörte in der Entfernung ein Geräusch wie von einer Pochmaschine und von Räderwerk, das durch Wasser getrieben wurde. Er nahm die Lichter in die linke Hand, in die rechte ein gespanntes Pistol und ging weiter. Je weiter er kam, desto stärker wurde das Geräusch.

Eine Tür hemmte seine Schritte. Er öffnete sie entschlossen und trat in ein zweites, stärker erleuchtetes und niedrigeres Gewölbe, in welches er kaum den Fuß gesetzt hatte, als er eine Figur bemerkte, die bei seiner Erscheinung laut *Alarm!* schrie und davonlief.

Nun blieb er stehen, sicherte sich den Rükken, setzte die Lichter neben sich auf die Erde, stellte sich in bewaffnete Positur und wartete, was geschehen würde.

Ein dunkelgekleideter Mann mit weißem Haar und Bart trat herbei und donnerte ihm entgegen:

‚Verwegener, wer bist du? Wie kommst du hierher? Und was suchst du hier?'

Gelassen antwortete Rinaldo:

‚Ich frage dich: Wer bist du? Nach deiner Antwort wird die meinige folgen.'"

Ähnlich feinsinnig setzt sich die Unterhaltung noch eine ganze Weile fort, bis der Alte seine Gorillas ruft und ihnen befiehlt, den neugierigen Eindringling unschädlich zu machen. Einer der Leibwächter ist jedoch ein früherer Kumpan Rinaldinis, erkennt seinen einstigen Herrn und geht zu ihm über. Rinaldo ist wieder einmal gerettet, macht sich jedoch trotzdem aus dem Staub, weil die Falschmünzerwerkstatt zugleich auch von Soldaten entdeckt wurde, die nun das ganze Schloß besetzen. Rinaldo kehrt kurz nach Sardinien heim, entdeckt falsche und echte Väter und Mütter und hat seine Familienverhältnisse endlich soweit geordnet, daß er mit seinem Sohn und dessen Mutter ein stilles Glück anstreben kann, als – von einem Verräter geführt – Soldaten auftauchen und Rinaldo keine Chance mehr hat: Er wird im Kampf erschossen.

Zum Unterschied von seinem Vorgänger, dem von Heinrich Zschokke erschaffenen Abällino, und seinem Nachfolger Fernando Fernandini war Rinaldo Rinaldini immerhin eine Gestalt von Fleisch und Blut, ein Räuber, der sich tatsächlich jahrelang gegen Polizei und Soldaten gewehrt und schließlich sein Verbrecherleben im Kugelhagel beendet hatte.

Das von Christian August Vulpius so phantasievoll ausgesponnene Schicksal des Italieners erzeugte in Deutschland eine ganze literarische Mode, die sogenante Räuberromantik, von der wir nicht der Literaturgeschichte wegen sprechen – wenn es nämlich eine Räuberromantik gibt, dann bleiben die Räuber auch nicht aus, und es ist gewiß kein Zufall, daß sich Zehntausende zur Hinrichtung des Schinderhannes einfanden: Sie hatten zu einem Gutteil den *Rinaldo Rinaldini* gelesen, der eben in die Buchhandlungen kam und seine dritte und vierte Auflage sowie zahlreiche Übersetzungen und unberechtigte Nachdrucke erlebte, als Frankreich und Deutschland sich in der Verfolgung des Johannes Bückler, genannt Schinderhannes, trotz aller Fehden und politischen Unterschiede überraschend schnell einigten.

Wetteiferten in Deutschland berühmte Wegelagerer und Halsabschneider mit dem edlen Räuberhelden der Abruzzen, so blieb in Italien die Räuberromantik noch einige Jahrzehnte lang sehr viel realistischer als in Deutschland oder Österreich. Ferdinand Gregorovius, der Wahlitaliener aus Neidenburg in Ostpreußen, schreibt im Abruzzenabschnitt seiner be-

rühmt gewordenen *Wanderjahre in Italien:*
„Wir bestiegen unseren Wagen und gelangten bald nach Rajano, einem nur kleinen Ort am Ende der Hochebene, von wo aus man zur Costa, der mächtigen Flanke des Gebirges, aufsteigt, welches man sodann viele Stunden lang durchziehen muß... Im Zickzack geht es mühsam aufwärts. Wir nahmen in Rajano einen Vorspann von Ochsen. So weiterfahrend, gerieten wir mitten in eine große Herde von Schafen und Ziegen, welche Hirten, gigantische Männer, das Schafsfell auf der Schulter, die Lanze in der Hand, langsam in das Gebirge hineintrieben. Seither sahen wir weit und breit dessen Abhänge von Herden bedeckt, die dort übersommern. Zottige Hunde von der Größe der Bernhardiner bewachen sie; sie tragen um den Hals ein starkes, mit Eisenstacheln besetztes Lederband zur Schutzwehr gegen den Biß des Abruzzenwolfes...

Seitwärts führen Pfade für Saumtiere nach

Alba und Avezzano, deren Anlage uralt ist; sie dienten im Mittelalter als Militärstraßen. Durch Felsengründe, über weite braune Hochflächen, ging es so stundenlang fort. Freunde in Rom hatten unseren Entschluß, dieses wilde Land zu durchreisen, bedenklich gefunden, denn nächst Kalabrien sind die Abruzzen das verrufenste Theater des Brigantenwesens. Bis zum Jahre 1860 waren sie von Räubern viel geplagt, und auch jetzt (1877) treiben solche ihr Wesen im Gebiete von Sulmona. Unser Fuhrmann wurde nicht müde, uns haarsträubende Geschichten aus diesen Bergen zu erzählen, wovon mir eine im Gedächtnis geblieben ist: Sieben Brüder, alle von Löwenstärke, Aquilaner, wurden eines Tages Banditen, zogen in dieses Gebirge hinauf, raubten und mordeten, schleppten Gefangene mit sich und erwürgten nachts Hunderte von Schafen reicher Besitzer. Fünf Brüder kamen um, zwei galten als verschollen. Bürger von Aquila, welche ein paar Jahre später rohe Seide auf den Markt in Triest brachten, erkannten diese Räuber in zwei Kaufleuten, die dort ein blühendes Geschäft gegründet hatten. Die österreichische Regierung lieferte sie der italienischen aus, diese Banditen sitzen heute in einem Turm in Aquila, wo sie ihr Todesurteil erwarten."

Seit den Tagen, in denen Ferdinand Gregorovius mit Ochsenvorspann quer durch Italien reiste, sind die Wölfe in den Abruzzen selten geworden, aber ausgestorben sind sie nicht. Auf winterlichen Fahrten kann man sie in den Haarnadelkurven der Bergstraßen wie flinke Schatten noch aus dem Scheinwerferlicht huschen sehen, und ähnlich mag es um die Räuber stehen. Aquila selbst hat zwar durch ein Erdbeben alle seine alten Häuser eingebüßt und ist regelmäßig und phantasielos wiederaufgebaut worden, eine Stadt ohne Geheimnisse; aber eine Unzahl malerischer Nester zwischen Rieti und Chieti, aber auch zwischen Sulmona und dem Abruzzen-Nationalpark sind in der Außenansicht und sogar in ihrem Innenleben in einem erstaunlichen Maße Mittelalter geblieben, wilde Überbleibsel des alten Italien in einer jener Zonen, in die selbst heute noch nicht allzu viele Fremde kommen.

Der Räuber
im Wolfspelz

Die freie Bergstadt Annaberg hatte von den Kaiserlichen und von den Schweden so viel zu erdulden gehabt, daß ihre Einwohner mit einigem Recht glauben durften, ihr Maß an Not und Schrecken für dieses Jahrhundert durchgemacht zu haben. Aber während die Soldaten beim herzhaften Brandschatzen und Plündern immerhin Wesen von Fleisch und Blut geblieben und eines Tages auch weitergezogen waren, schien sich ein furchterregendes Tier, das im Jahre 1684 zum erstenmal in Annaberg auftauchte, aus der kleinen Stadt nicht mehr verziehen zu wollen und ängstigte die Einwohner ganze neun Jahre lang.

Jene, die es in hellen Nächten in den ausgestorbenen Straßen des Städtchens gesehen hatten oder gesehen zu haben meinten, beschworen, es handle sich um einen großen, kräftigen Hund oder einen Wolf, bullig, böse und mißtrauisch, dem beizukommen schlechthin unmöglich sei. Und glaubte man, ihn gestellt zu haben, dann riß er – der Hund oder der Wolf – seinen fürchterlichen Rachen weit auf und stieß ein so schauriges Geheul aus, daß sich die viertausend Einwohner des Städtchens entsetzt bekreuzigten, Fenster und Türen zuwarfen und enger zusammenkrochen.

Das Gespenstische der Erscheinung wurde übrigens noch dadurch verstärkt, daß jenes Untier auch die Gestalt eines alten Weibes annehmen konnte. Als solches humpelte das Scheusal dann hurtig und hexenhaft und offensichtlich ortskundig durch die Gassen, plätscherte in den Brunnen, erschreckte die Mägde und brachte das Vieh zu angstvollem Brüllen. Machten sich aber ein paar Beherzte an die

Verfolgung der Alten, so wandte diese sich urplötzlich um, zeigte einen scheußlichen Wolfsrachen und ließ jenes Geheul erklingen, vor dem die Stadt sich mehr fürchtete als vor Hochwasser oder einem Stollenbruch.

Mittelpunkt des gespenstischen Treibens war ganz offensichtlich das Haus des Magisters Zobel, eines Archidiakons, der in der Buchhölzer Gasse ein kleines Anwesen besaß. Seit der Bergbau nicht mehr so viel einbrachte und die kluge Frau Uttmann das Spitzenklöppeln eingeführt hatte, saßen in allen Häusern die Frauen an den Posamentierrahmen, und das Licht brannte über den fleißigen Händen oft bis tief in die Nacht. Im Hause des Archidiakons aber gab es bei diesem emsigen Wirken nur ein Gesprächsthema: den Geisterhund, denn kein anderes Haus war so oft von ihm heimgesucht worden wie eben dieses in der Buchhölzer Gasse.

Sank die Nacht über das Tal und den Schrekkenberg, dann begann nur zu oft ein Poltern in den Dachkammern des Zobelschen Hauses, so daß die Mägde und die Köchin, die dort oben schliefen, aus den Betten sprangen und so wie sie waren die Treppe hinabliefen, als sei ihnen der böse Geist auf den Fersen. Drängten sie sich dann, ihrer notdürftigen Kleidung wegen frierend, in der Gesindestube zusammen, flogen Steine gegen die Fenster und die Türe und vom Brunnen im Hof her erscholl das langgezogene, schauerliche Geheul eines Wolfes.

Nachdem dieser Spuk an die neun Jahre gedauert hatte, ohne daß man ihm auf den Grund gekommen war, verließ die Köchin das Zobelsche Haus. Sie war eine hübsche, feste Frau von dreißig Jahren, aus dem benachbarten Buchholz und vermochte die unruhigen Nächte nicht mehr zu ertragen. Denn wenn auch oft einen ganzen Monat lang Ruhe war, so daß man schon hoffte, das Gespenst werde überhaupt nicht mehr auftauchen, so wurden vor allem die weiblichen Bewohner des Zobelschen Hauses die Angst nie ganz los und fragten sich immer, was sie wohl an sich haben mochten, das jenen Geisterhund so anzog.

Dazu kam, daß sie sich, nach dem Aberglauben der Zeit, bald untereinander der Hexerei beschuldigten, und wie es so geht, geriet die Hübscheste – und das war eben die Köchin – als erste in den Ruf, ihr stelle der Teufel in Gestalt eines gespenstischen Tieres nach und darum herrsche in Annaberg und vor allem in der Buchhölzer Gasse jener Unfriede. Daß nach solch nächtlichem Spuk oft auch ein paar kleinere Gegenstände fehlten oder eine Lade erbrochen war, beachtete man nicht sonderlich, vor allem, da der Geist vielerlei Schabernack anstellte: die Tröge im Hof umwarf, die Deichseln der Wagen vernagelte und die Hühner ins Freie ließ...

Marthe Ries, die Köchin, hatte also den Arbeitsplatz gewechselt, was nicht ganz einfach gewesen war, da natürlich jedermann das Treiben im Hause des Archidiakons kannte. Aber es gab einen Viertelsmeister namens Hirsch in Annaberg, der sagte lachend, daß kein Hirsch sich vor einem Hund fürchte, auch er nicht. Er sah es wohl auch nicht ungern, daß die hübsche Marthe in sein Haus kam.

Bald aber bereute er seinen Entschluß, wenn er es auch nicht offen zugab, denn das teuflische Treiben erstreckte sich alsbald auch auf das Hirschenhaus, ohne darum das Zobelsche Haus ganz zu verschonen. Der Viertelsmeister freilich war aus einem anderen Holz als der Archidiakon, auch jünger und handfest, und so lag er denn, als die Vollmondnächte des Maimonds herankamen, Nacht für Nacht mit der gespannten Pistole in der Kammer der Köchin wohlverborgen unter dem Bett, aber bereit, beim ersten verdächtigen Geräusch hervorzuspringen und dem Untier eine Kugel aufs Fell zu brennen. Der Archidiakon hatte die Kugeln vorsorglich geweiht und mit dem Kreuzeszeichen versehen lassen, und die schöne Marthe tat das Ihre zum Gespensterfang, indem sie nämlich sich nichts anmerken ließ, daß sie nicht allein sei: Sie ging zu Bett wie stets, sprach auf dem Boden kniend ihr Nachtgebet und deckte sich dann bis zu den Ohren zu.

Vier Nächte wartete der Viertelsmeister vergeblich und verwünschte die harten Bretter unter dem Bett der Köchin und die kühlen Nächte im erzgebirgischen Frühling. Dann aber, man schrieb den 17. Mai des Jahres 1693, knurrte es plötzlich dumpf im Hof. Es polterte in den Dachschindeln, es klirrte am Fenster – kein Zweifel, der Geisterhund war da!

Während Marthe auch noch den Kopf unter die Decke steckte, schob Hirsch sich vorsichtig unter dem Fenster hoch und lugte hinunter. Der Herzschlag wollte ihm aussetzen, als er einen riesigen, schwarzen Hund die Schnauze in den Brunnentrog tauchen und gierig das kalte Wasser schlurfen sah. Dann warf das Tier den Kopf in den Nacken und stieß ein so schauriges Geheul aus, daß Hirsch sein Amt und seine Pistole verwünschte und am liebsten zu Marthe ins Bett gekrochen wäre, um ebenfalls nichts mehr zu hören und zu sehen. Aber er hatte die Sache nun einmal angefangen und mochte wohl auch dem Mädchen seine Furcht nicht zeigen. Also öffnete er das Fenster, so leise er konnte, zielte haarscharf und drückte ab.

Der Knall entlockte der Köchin einen Schrei, und sie flüchteten, zitternd vor Angst, aus der vom Pulverrauch erfüllten Stube. Das Untier im Hof antwortete mit einem wütenden Knurren und machte sich im Schatten davon. Als Hirsch nachgeladen hatte, sah er nur noch und deutlich, wie es sich am Hühnerstall regte. Auf gut Glück schoß er noch einmal. Gackernd und flatternd mischten die Hühner sich in den Kampf, und Hirsch sah nur noch Flügel und tanzende Schatten.

Erst am Morgen entdeckten Hirsch und der andere Viertelsmeister – sie waren acht in ganz Annaberg – eine Blutspur. Sie führte über die niedrige Mauer, die den Hof von der Gasse trennte, die Gasse entlang und aus der kleinen Stadt hinaus in Richtung Buschholz. Im Nachbarort aber verlor sie sich, sei es, daß die Blutung aufgehört hatte, sei es, daß das Tier dort einen Unterschlupf hatte, dessen Zugang durch Morast oder Wasser führte und eine Verfolgung nicht zuließ.

Marthe Ries aber war, als sie von dem Blut hörte, verstörter denn je, mußte sie doch nun annehmen, daß ein wirkliches Tier, eine lebendige und gar nicht so geisterhafte Bestie es auf sie abgesehen habe, und das war beinahe noch wunderlicher und auch grausiger als das Interesse eines Gespenstes. Sie wäre wohl aus Annaberg weggegangen ins Mansfeldische, wo es zwar auch keinen Bergbau mehr gab, wo aber aus früheren Familienverbindungen noch Verwandtschaft lebte, hätte nicht schon der nächste Tag die Klärung gebracht oder sie doch angebahnt: Zum Bergvogt von Annaberg kam nämlich ein Posamentierer aus Buchholz, der berichtete, daß sein Kumpel, der mit ihm am Rahmen saß, an diesem Morgen nicht zur Arbeit erschienen sei, er habe einen bösen Arm. Und als er Nachschau hielt, weil man ja doch befreundet war und Buchholz ohnedies nicht groß, da hatte jener Mann eine dickverbundenen Arm, wollte aber vom Arzt nichts wissen.

„Und wie heißt dein Kumpel?" fragte der Bergvogt.

„Friedel heißt er. Friedel mit Nachnamen und Anton mit dem Vornamen."

Man brachte den Anton Friedel nach Annaberg und hatte nicht sehr viel Mühe, ihn zum Sprechen zu bringen, denn jedesmal, wenn ein Büttel absichtlich oder durch Unachtsamkeit seinen kranken Arm berührte, stöhnte der Mann vor Schmerz. Der herbeigerufene Wundarzt examinierte den Arm, erkannte die Wunde als Schußverletzung und entfernte aus ihr eine Pistolenkugel, die das Kreuz des Diakons Zobel trug. Damit war Anton Friedel nun so offensichtlich überführt, daß Leugnen keinen Sinn gehabt hätte.

Daß er gar nicht daran dachte zu leugnen, hängt mit der Justiz jener Zeit zusammen, weil man nämlich im siebzehnten Jahrhundert, das ja noch nicht ganz zu Ende war, die Zauberei viel härter bestrafte als den Diebstahl oder den Raub. Der Spuk, den Anton Friedel viele Jahre lang getrieben hatte und der heute als Schabernack vielleicht sogar straflos bliebe, dieser Spuk mußte ihn Anno 1693 unweigerlich auf den Scheiterhaufen bringen und ihm einen qualvollen Tod einhandeln. Seine Diebereien hingegen brauchten ihn, wenn er milde Richter fand, nur die Ohren zu kosten, da man einem Posamentierer die Hände nicht gut abschneiden kann.

Also erzählte Anton Friedel haarklein, wie er

jedesmal, wenn er ein Haus in Angst und Schrecken versetzte, sich Hühner geraubt oder aus den Schubladen allerlei Wertgegenstände genommen habe. Er ließ sich aus seiner Hütte am Rande von Buchholz eine alte Decke bringen, die er als Hundefell präpariert hatte, sprang darin herum wie ein gräuliches Untier und stieß im Gerichtssaal ein so fürchterliches Hundegeheul aus, daß dem Bergvogt und den Schöffen der Schrecken ins Gebein fuhr. Dann warf er die Decke anders um sich, ergriff einen Krückstock und humpelte als alte Hexe durch den Saal, alles, um zu beweisen, daß keinerlei Zauber oder Spuk im Spiele sei und daß er sich nur verkleidet hatte, um als Raubgeselle nächtens unerkannt zu bleiben.

Der Fall war so vertrackt, daß der Bergvogt sich Rat beim Schöppenstuhl zu Leipzig holte und erst das Urteil sprach, als ihm die Herren aus der Stadt versichert hatten, kein Räuber vermöchte ohne die Hilfe des Bösen neun Jahre lang in allerlei Gestalten unerkannt durch eine Stadt zu geistern. Da Anton Friedel aber keinem Menschen etwas zuleide getan und niemanden im besonderen behext habe, könne man es mit dem schlichten Strang bewenden lassen und vom Scheiterhaufen absehen – und so geschah es auch, wenn man dem alten Johann Pfefferkorn, Stadt- und Gerichtsschreiber und Chronist von Annaberg, die Geschichte glauben will.

Die Knebeler
vom Niederrhein

Vor dem Wirtshaus *Zur Blauen Traube* in Rondorf stand ein später Gast und pochte gegen das Tor. Die Gestalt war so vermummt, daß man im Nachtdunkel nicht sagen konnte, ob es sich um einen Mann oder eine Frau handelte, und die zwei vergnügten Zecher, die heim nach Rodenkirchen wanderten, blieben neugierig stehen, um herauszufinden, mit wem sie es zu tun hatten.

„Da macht keiner mehr auf", sagte schließlich einer der beiden, „der Wirt hat Angst vor den Räubern..."

„Vor den Räubern2" fragte die vermummte Gestalt mit seltsam überkippender Frauenstimme. „Aber darum könnte er doch einer armen Nonne öffnen, die sich bei einem Krankenbesuch verspätet hat und nun nicht mehr nach Köln zurückkehren kann!"

„Ja wenn es so ist, ehrwürdige Schwester", antwortete der eine Zechbruder hilfsbereit, „dann wollen wir den Wirt schon ans Tor kriegen. Wir kennen hier nämlich ein wenig den Hausbrauch. He, Wendelin, mach auf", schrie er durch die Nacht, „Hier ist nur eine Nonne, sie begehrt ein Nachtlager!"

„Laßt eure dummen Faxen, ihr habt heute schon genug getrunken", rief Wirt Wendelin aus dem Fenster im ersten Stock auf die Straße hinunter, und es bedurfte ausführlicher Versicherungen, daß es kein Scherz sei, bis er sich bequemte, in den Hof zu kommen und aufzuschließen.

„Nee, ihr Guten", sagte er, als die beiden bei dieser Gelegenheit schnell mit ins Haus schlüpfen wollten, um sich noch ein Schöppchen zu genehmigen, „ihr habt genug, ihr geht man schön heim. Und eine Nonne ist ohnedies nichts für euch lose Vögel."

Man schrieb das Jahr 1797, und richtige Gästezimmer waren in den Wirtshäusern noch selten. Der Wirt gab seinem späten Gast, von dem er Bezahlung ohnedies nicht fordern konnte, lediglich eine Decke, und die Nonne, die auch in der Gaststube ihre Kapuze nicht zurückgeschlagen hatte, legte sich ohne Umstände auf einer der Bänke, die an der Wand hinliefen, zum Schlafen nieder.

Was der Wirt den beiden Zechern abgeschlagen hatte, genehmigte er sich selber: Da er nun einmal aufgestanden war, da sein Weib im Giebelzimmer schlief und nichts sah und hörte, schenkte er sich gemächlich einen Krug Rüdesheimer ein, löschte das Licht und setzte sich mit dem Wein und einem Stück Käse ans Fenster. Es war mondhell, die Nacht war still, und Wendelin hatte seinen Krug noch nicht zur Hälfte ausgetrunken, als er ein leises metallisches Klirren vernahm. Es kam von der Bank, auf der die Nonne sich zum Schlafen ausgestreckt hatte, und klang, als sei etwas zur Erde gefallen.

Ein Wirt ist neugierig, gleichsam von Berufs wegen; in einem Haus, das jedem offensteht, muß man mehr von seinen Gästen wissen, als wenn man sich diese vorher aussuchen kann. Also setzte Wendelin seinen Krug leise aufs Fensterbrett, schlich zu der Bank und hob das kleine Ding auf, das so verdächtig geklirrt hatte. Erst am Fenster vermochte er zu erkennen, worum es sich dabei handelte: um ein kleines Trillerpfeifchen. Wahrlich ein seltsamer Gegenstand für eine Nonne.

Obwohl es ihn reute, den Rüdesheimer warm werden zu lassen, stahl der Wirt sich schnell aus der Stube, lief ins Hinterhaus, wo der Hausknecht schlief, und schickte ihn zur Scharwache, sie solle leise kommen, mit allen Leuten, die gerade Dienst hätten.

Eine halbe Stunde später tappte und klirrte es

im Hof: Die Wache kam mit zwölf Mann. Diese Ehre hätten sie einem anderen wohl nicht erwiesen, zumindest nicht zu nächtlicher Stunde. Wendelin würde sich nicht lumpen lassen, wenn man ihm zu Hilfe kam, und eine Runde Bier oder auch zwei waren ihnen sicher.

Nur den Sergeanten ließ Wendelin in die Wirtsstube und zeigte ihm die Nonne, die mittlerweile in tiefen Schlaf versunken war und völlig unweibliche Grunztöne ausstieß. Im Licht der Öllampe zeigten sich unter der Kutte reichlich derbe Schuhe und über den Schuhen stämmige Waden mit dichter Behaarung. „Das ist ein verkleideter Kerl!" flüsterte Wendelin aufgeregt, „nehmt ihn doch gleich fest!"

„Wenn es aber doch eine Nonne ist?" fragte der Sergeant unschlüssig, „ich habe ganz und gar keine Lust, mich wegen deiner Ängste mit dem Erzbischof anzulegen. Seine fürstliche Gnaden lassen mich doch in Ketten legen, wenn ich einer Nonne Unrecht tue."

Die beiden mußten sich doch wohl zu laut unterhalten haben, denn die Schnarchtöne brachen ab, unter der Kapuze regte es sich, und Wirt wie Sergeant starrten plötzlich in die Mündung einer Pistole.

„Ihr glaubtet wohl, ihr hättet mich schon!" sagte höhnisch die Nonne, die sich nun, mit einer ungeduldigen Kopfbewegung, als Mann entpuppte. „Aber so leicht fängt man einen Knebeler nicht. Hände über den Kopf und Marsch in den Hof, und wehe, wenn einer um Hilfe ruft!"

Die beiden taten, als sei nichts schlimmer für sie als eben dieser Weg in den Hof, wo der Räuber, der sich selbst zu der berüchtigten Knebelerbande bekannt hatte, sie wohl in einem dunklen Winkel mit dem Dolch erledigen wollte. Gehorsam hoben sie die Arme über den Kopf und gingen vor der Pistole her ins Mondlicht hinaus. Die zwölf Wachsoldaten draußen waren von dem Anblick, der sich ihnen bot, so verblüfft, daß zunächst keiner ein Wort sagte, und das war gut so: Als nach der Pistole auch der Räuber erschien, der sie in der Hand hielt, fühlte er auf einmal kalt wie einen Gespensterfinger einen Säbel an der Kehle.

„Gib dich", sagte einer der Scharwächter, „wir sind zwölf und machen sonst Kleinholz aus dir."

Mit einem Flulch warf der Verkleidete die Pistole auf das Hofpflaster, aber sie ging nicht los, und alles vollzog sich in der Stille.

„Die falsche Nonne", sagte Wendelin leise, „ist gewiß nur der Lockvogel oder richtiger der Späher. Wozu sonst das Pfeifchen? Gebt einmal acht..."

Der gefangene Knebeler wurde gefesselt und wieder ins Haus gebracht, wo die inzwischen wach gewordene Wirtin ihn mit der Magd bewachte. Die Soldaten aber postierten sich im Schatten, hinter dem Brennholz, in einem Hauswinkel, hinter der Regenrinne oder unter dem Vordach, so daß sie nicht zu sehen waren, und dann erst pfiff der Wirt auf dem erbeuteten Pfeifchen.

Sie brauchten nicht lange zu warten; die Räuber waren offenbar nur hundert Meter weiter weggewesen, irgendwo, wo sie sich gut verstecken konnten, und schwangen sich nun, einer nach dem anderen, über die Mauer und über das Tor in den Hof des Wirtshauses.

„Himmelherrgott", flüsterte Wendelin dem Sergeanten zu und fühlte, wie ihm der kalte Schweiß auf die Stirn trat, „das sind ja zehn, zwölf... vierzehn... und da kommen immer noch welche!"

„Die hätten dir ganz schön heimgeleuchtet und deinen Gasthof leergeplündert", antwortete der Sergeant, der seinen größten Tag anbrechen sah, wenn es auch Mittternacht war.

Als etwa zwanzig Räuber im Hof beisammenstanden und sich umsahen, wo denn die Nonne stecke, die sie herangepfiffen hatte, schien es dem Sergeanten an der Zeit, einzugreifen. Zu leicht konnte sich einer seiner Leute durch ein Geräusch verraten oder aber entdeckt werden, wenn die scharfen, nachtgewohnten Augen der Knebeler den Hof zu gennau absuchten.

„Feuer!" schrie er, was gewiß nicht ganz den Vorschriften entsprach, aber wenn man zwanzig bis an die Zähne bewaffnete Gegner vor sich sieht, dann denkt auch ein kurfürstlicher Sergeant nicht zuerst an den Buchstaben des Gesetzes, sondern an die zweckmäßigste Handlungsweise.

Der überraschende Angriff der Schwarwache ließ den gewagten Coup gelingen. Die Räuber zogen zwar ihre Pistolen, ehe die Scharwächter nachgeladen hatten, aber sie standen zusammengedrängt auf dem hellen Kies des Hofes; die Soldaten aber waren im Schatten verteilt, und als das Mündungsfeuer den Räubern endlich zeigte, wo der Feind war, hatten die Knebeler zwei Salven einstecken müssen, und es waren nur noch drei oder vier von ihnen unverletzt.

„Ergebt euch!" schrie der Sergeant nach der zweiten Salve, „wir haben euch, werft die Waffen weg!"

Einer schoß noch, wurde aber von zwei Kugeln getroffen und fiel, da ergaben sich die anderen und ließen sich binden. Den Verwundeten verursachte das mitunter arge Schmerzen, denn die Scharwächter gingen mit den Knebelern, die seit Jahren am Rhein übel gehaust hatten, nicht eben sanft um. Geschrei und Schüsse hatten die ganze Nachbarschaft geweckt, was nicht sehr viel zu bedeuten hatte, da die „Blaue Traube" ein wenig abseits lag. Aber der Wirbel war doch groß genug, Bürger und ihre Frauen anzuziehen, die nun, furchtsam an den Schlafhauben zupfend, dahergelaufen kamen und wissen wollten, was sich begeben hatte.

„Wir haben Rondorf eine blutige Nacht erspart", sagte Wendelin stolz und warf sich in die Brust, „es war alles schon zum Angriff bereit, mein Wirtshaus wollten sie als erstes nehmen und dann die Bürgerhäuser der Reihe nach... Ihr könnt euch bei mir bedanken!"

Da an Schlaf ohnedies nicht mehr zu denken war, bedankten sich die aufgestörten Rondorfer mit einem nächtlichen Umtrunk, und Wendelin mußte so an die siebenmal erzählen, wie er die Nonne vor dem Haus erspäht, sogleich als Mann erkannt und in das Haus gelockt habe, um endlich die gefürchtete Räuberbande unschädlich zu machen.

Das Verwunderlichste an der Sache ist, daß die Knebeler es Wendelin nicht nachgetragen haben. Wenn nämlich aus einer Bande, die in ihren besten Zeiten zweihundert Mitglieder zählte, zwanzig verhaftet werden, dann rächen sich die anderen nicht selten an dem, der bei einem solchen Mißgeschick seine Hand im Spiel hatte. Aber die Knebeler verzogen sich lieber und vermieden die Auseinandersetzung mit den Soldaten des Erzbischofs. Ein Jahr nach diesem

Aderlaß, der sie immerhin ein paar gute Leute gekostet hatte, tauchten sie im Westerwald auf und hielten sich an die kleinen Dörfer, wo sie nicht mit einer Schwarwache zu rechnen brauchten. Und um vor den Bauern sicher zu sein, erfanden sie einen Kunstgriff, über den im Rheinland noch lange gesprochen wurde: Sie verstopften und verklebten, ehe sie losschlugen, die Schlüssellöcher der Kirchen und des Turmaufgangs, so daß nicht Sturm geläutet werden konnte. Die Männer waren auf dem Feld, die Weiber verbargen sich in den Stuben, so konnten die Räuber nehmen, was ihnen gefiel, die Pferde forttreiben und die Opferstöcke leeren, den Dorfwirtshäusern die Geldlade ausrauben und an Kleinvieh mitgehen lassen, was ihnen eben über den Weg lief.

Man mußte das Militär gegen sie aufbieten, das waren in diesem Jahr 1798 vor allem die Franzosen, und es gelang tatsächlich nach einiger Mühe, eine größere Räubertruppe zu umzingeln. An die zwanzig blieben tot auf dem Kampfplatz, dreißig andere wurden gefangen nach Dillenburg gebracht und dort abgeurteilt. Ein seltsamer Kauz unter diesen Knebelern hatte nicht weniger als vierundzwanzig Uhren bei sich, obwohl eine jede von ihnen mit Werk und Deckel gar nicht so leicht war. Und obwohl er diesen tickenden Schatz mit sich geschleppt hatte, war ihm nicht bewußt geworden, daß sein letztes Stündlein geschlagen hatte.

Der Bayrische Hiasl

Eine der ersten Berühmtheiten, welche die damals noch recht kleine Stadt München hervorbrachte, war Matthias Klostermayer, allgemein bekannt unter dem Namen *Der Bayrische Hiasl*. Nicht etwa, daß er ein Münchner Kindl gewesen wäre, keineswegs. Er hielt sich mit seinem Geburtsort an die ungleich berühmtere und ältere Handelsstadt Augsburg, in deren Nähe er um 1738 das Licht der Welt erblickt hatte. Aber zum Verbrecher und Bandenführer, zum Helden der Gesetzesbrecher war er erst in München geworden, als man ihn an der Isar für neun Monate ins Zuchthaus sperrte.

Zwar hießen die Gefängnisse damals noch nicht so, sie waren ja auch jungen Datums und von jenen Menschen erfunden, denen die alten

Arten der Körperstrafen, das Händeabschlagen, Nasenaufschlitzen und Brandmarken nicht mehr gefielen. Aber sie verdienten den Namen Zuchthaus in sehr viel höherem Maße als die heutigen Zuchthäuser, denn damals wurde tatsächlich noch gezüchtigt, und zwar nicht zu knapp, sondern regelmäßig und mit derber Strenge.

Matthias Klostermayer, ein Landkind, dem die Wälder, die Berge und gelegentlich Wilddiebereien alles bedeuteten, wurde hinter Zuchthausmauern erst zum bewußten Gegner des Beamtentums, der Ordnungshüter, der Obrigkeit, zu einem jener Einzelgänger, die niemals eine wirkliche Chance hatten und deren Amoklauf eben darum in Stadt und Land mit leidenschaftlicher Spannung und Anteilnahme verfolgt wurde. Man lebte ja nicht mehr im Mittelalter; es gab Gewehre, es gab viele Soldaten, die Frage lautete also nicht mehr: Wird man den Bayrischen Hiasl zur Strecke bringen? Sondern nur: Wie lange wird er's noch schaffen, alle an der Nase herumzuführen?

Nun, er schaffte es erstaunlich lange, so lange, daß im abergläubischen Alpenvorland manche schon glaubten, der bayrische Bandenführer und Wilddieb sei eigentlich ein Werwolf oder gar der Teufel selbst und könne sich, wenn man ihn umstellt habe, blitzschnell in ein Tier verwandeln. Aber dem war nicht so. Der Matthias Klostermayer mit seinem urbayrischen Namen war ganz einfach ein urbayrischer Kraftmensch, stolz darauf, daß ihm kein anderer gewachsen war, angriffslustig, spottlustig, jähzornig und nicht gerade wählerisch, wenn es galt, sich zu wehren oder einem anderen einen Denkzettel zu geben. Zweifellos hätte er genauso gern mit Bierkrügeln gekämpft oder die Gendarmen beim Steinheben besiegt, aber da sie ihm mit Gewehren auf den Leib rückten, schoß der Hiasl eben auch...

Es begann ganz alltäglich damit, daß ein

Gemeindejäger in Bayrisch-Schwaben den kräftigen Hiasl mit auf die Pirsch nahm.

„So an Buam hättn's wolln ins Kloster steckn!" brummte er an jedem Morgen und schüttelte den Kopf, wenn er sah, wie sich der Hiasl mit einem einzigen verächtlichen Schwung einen Rehbock von hundertzwanzig Pfund auf die Schulter warf und damit lostrabte, als trüge er ein paar Karnickel. Die Jesuiten hatten auch den Kopf geschüttelt, wenn auch aus anderen Gründen. Für sie war der Hiasl in den Klostermauern und engen Höfen wie ein Keiler gewesen, den man eben nicht an die Kette legen konnte, ein immerzu brummendes und zornig um sich stoßendes Wildtier, das zu zähmen eben auch dem Klosterfrieden nicht gelingen konnte. Da hatte der Gemeindejäger es schon viel leichter: Die Wälder waren groß und weit, da konnte man sich auslaufen, und der Hiasl mit seiner Jugend, seinen scharfen Augen und seiner unbändigen Kraft, das war genau der richtige

Kumpan.

Matthias Klostermayer lernte das ganze Waidwerk, lernte den Wald kennen und die Tiere, die Wildwechsel, die Gewohnheiten des Rotwilds, des Schwarzwilds und der ganzen Vogelwelt, und er lernte schießen, was damals noch eine besondere Kunst war, denn man mußte mucksmäuschenstill das Pulver auf die Pfanne tun, die Kugel in den Lauf stoßen, vorsichtig anheben und die schweren Langlaufflinten eisern festhalten, weil man sonst überhaupt keine Chance hatte, die Kugel aus dem nicht gezogenen Lauf ins Ziel zu bringen.

Anfangs hatte der Hiasl schon ein paarmal vor Aufregung das Pulver von der Pfanne gepustet, aber verwackelt hatte er den Schuß nie; eisern fest wie ein Schraubstock hielten seine muskelbepackten Arme das Gewehr, unter dessen Gewicht mancher gezittert hätte, und als der erste Blattschuß gelang, da warf der Hiasl seinem Lehrmeister, dem Jäger, die Arme in so inbrünstiger Freude um den Leib, daß dem Ärmsten die Rippen krachten.

Da er schießen konnte und den Wald kannte, gab es nichts mehr, was den Hiasl halten konnte, denn gehorchen hatte er nie gelernt, und gefürchtet hatte er sich auch noch nicht. Also zog er los, ohne den Gemeindejäger und auf eigene Faust, und er machte seine schlechte Sache so gut, daß er bald Geld genug in den Taschen hatte. Das Jagen war damals nämlich ein Herrenrecht, und da die Herren viele Jagden hatten, aber kaum eine einzige waidgerecht verwalteten, nahmen die Schäden durch das Wild, die Verwüstung der Felder, die zerwühlten Gemüsegärten schnell überhand. Der Bauer wagte nicht, sich zu beschweren, die Herren waren auch oft außer Landes, war doch nächst der Jagd der Krieg ihr liebster Zeitvertreib, und so hatten die Wilderer von vornherein die Bauern auf ihrer Seite.

Matthias Klostermayer hatte schnell Verbindung zu anderen Wilderern, man kennt sich schließlich in einem kleinen Ort, und von den Wilderern führte der Weg zu den Wirten, die den Hehler machten, die für das erlegte Wild ein paar Krüge Bier auffahren ließen und auch noch ein paar Taler extra, damit etwas in den Taschen klimpere.

Das war nun ein lustiges Leben: nachts das zu tun, was man ohnedies am liebsten tat, tagsüber keine Arbeit, sondern saftiges Fleisch, kühles Bier, bewundernde Freunde und schließlich auch ein paar Dorfmädchen, die große, dunkle Augen machten, wenn sie den Hiasl durch den Ort stapfen sahen. Nun war er doch wer, nun war er jedenfalls mehr als sein armer Vater, der Gemeindehirt, an dem alle Bauern ihren Zorn hatten auslassen dürfen, weil er selbst nichts, aber auch gar nichts besaß.

Das hätte noch eine gute Weile so weitergehen können, wären nicht eines Abends im Dorfwirtshaus Werber erschienen, Unteroffiziere des Kurfürsten, die den Auftrag hatten, gesunde Burschen für die Armee zu pressen. Freiwillig ging nämlich keiner auf zehn, zwölf oder fünfzehn Jahre von zu Hause fort.

Da kaum einer bei klarem Verstand das Handgeld nahm und seinen Namen auf die Rekrutierungsplatte setzte, mußten die Werber ihre Opfer betrunken machen, im Rausch überreden und am nächsten Morgen, noch ehe der Überrumpelte völlig nüchtern war, in eine Kaserne oder zu einem anderen Sammelplatz bringen, wo dann Drill und Strafen für den Rest sorgten. Das waren rauhe Methoden in rauhen Zeiten, und der Hiasl, der davon noch nie etwas gehört hatte, ging mit blindem Selbstvertrauen in die Falle. Er fühlte sich stark, ja als der Stärkste, was sollten ihm diese windigen Fremden wohl anhaben können? Dabei waren sie freundlich, ließen Bier und Schnaps auffahren und hörten sich beifällig die Geschichten seiner kühnsten Jagdabenteuer an.

Das Erwachen am anderen Morgen war um so bitterer. Es war nämlich ein Unterschied, ob man einen Abend lang Bier trank oder ob hilfreiche Hände einen dazwischen immer wieder mit Schnäpsen labten. Mit einem Brummschädel, wie er ihn noch nie gehabt, tappte der Hiasl aus der Wirtsstube an die Luft und riß die Augen auf, als er den Leiterwagen sah, die drei Dorfburschen, die es ebenfalls erwischt hatte, und die höhnischen Werber, die ihn unmißverständlich aufforderten, aufzusteigen, wenn er nicht als Deserteur auf der Stelle in Eisen gelegt werden wolle.

Dumpf brütend brachte der Hiasl ein paar Tage bei den Soldaten zu; es war nicht ganz so schlimm wie bei den Jesuiten, zumindest verlangte niemand von ihm, daß er bete, stillsitze und leise sei. Aber in den Wald durfte er auch nicht. Also riß er bei der ersten Gelegenheit aus, rannte in die ausgedehnten Lechauen, durchschwamm den noch ungemütlich kalten

Fluß und war im Schwabenland fürs erste in Sicherheit, denn dort durfte der Kurfürst von Bayern nicht nach ihm fahnden lassen.

Da man auch in Schwaben von der Freiheit allein nicht leben konnte, mußte der Hiasl sich um einen Broterwerb umsehen, und da er nichts gelernt hatte als Jagen, mußte er in den ihm fremden Revieren eine Möglichkeit zum Wildern suchen, was gar nicht so einfach war. Die ersten Schritte erleichterte ihm ein Wirt, der durch den Hiasl gelegentlich zu einem guten Stück Wildbret zu kommen hoffte. Als Klostermayer aber allabendlich beim Bier ins Erzählen kam und von seinen Wundertaten berichtete, bekam der brave Gastwirt es mit der Angst: solch einen Mordskerl wollte er nicht länger im Hause haben. Glücklicherweise gab es andere, die gerade zu dieser Zeit Bedarf an solchen Mordskerlen hatten, und so kam der erstaunte Bayrische Hiasl in einen wohlorganisierten schwäbischen Wildererbund, dessen Oberhaupt der starke Mann der dortigen Wälder war und Bobinger hieß.

Unter Bobinger hätte der Hiasl nun ein paar friedliche Jahre haben und eifrig jagen können, denn der gut aussehende, mit allen Behörden freundschaftlich verkehrende Bobinger schirmte seine Helfer gegen die Gesetzeshüter vollständig ab. Das kostete allerdings eine ganze Menge, wie er seinen Kumpanen zu erzählen pflegte, wenn die einen größeren Beuteanteil begehrten, und im übrigen war die Vorherrschaft Bobingers in dem Bund so fest, daß der Hiasl freiwillig einsah: hier konnte er nie der Erste werden, schon weil er es nicht geschafft hätte, den Jägern, Pächtern und Gendarmen so geschickt um den Bart zu gehen.

Der Hiasl schlug also die Möglichkeit aus, von seiner Lieblingsbeschäftigung sicher und bescheiden existieren zu können, warf dem Bobinger eines schönen Tages alles hin, was dieser ihm wegen seiner Bärenkraft zum Tragen aufgeladen hatte und ging zur Konkurrenz. Das hört sich zwar sehr modern an, ist aber die lautere Wahrheit, denn in den schwäbischen Wäldern war tatsächlich ein zweiter Wildererbund entstanden, locker gefügt zwar, weil Meister Bobinger eben eine einmalige Erscheinung war und seine Konkurrenten kein vergleichbares Oberhaupt finden konnten, aber für den Hiasl gerade darum eben recht.

Eines Nachts präsentierte er sich den neuen Kumpanen, von denen ihn der eine oder andere bereits kannte, einigte sich mit ihnen auf den Beuteanteil und überzeugte die Gefährten gleich in der ersten Nacht von seinem Können. Damit stieg für jeden der Ertrag, und sie schätzten sich über den tüchtigen Zuwachs glücklich. Man pirschte gemeinsam, erlegte, verkaufte und lebte vom Erlös so lange ganz gut, bis dem Bobinger die Sache zu bunt wurde und er seinen Freunden bei den Landjägern einen kleinen Hinweis gab. Das kostete nichts und war so gut, als ob er eine Strecke Hasen angeliefert hätte, und eines Morgens, bei der Heimkehr vom gewohnten Wildererzug, wurde der Hiasl mit einigen seiner Freunde bei Schongau so überraschend gestellt, daß die bepackten Wilderer gar nicht daran denken konnten, ihre Waffen zu gebrauchen.

Das war 1765, der Matthias Klostermayer war immerhin siebenundzwanzig Jahre alt und hatte es zu nichts anderem gebracht als zu einer erklecklichen Anzahl meist nächtlicher und heimlicher Abschüsse in fremden Revieren. Und nun, im Zuchthaus zu München, kam er zum erstenmal auf eine Schule, in der er tatsächlich etwas lernte, denn nun war sein Verstand soweit erwacht, daß er sich sagte: mit dem Wildern allein kommt man doch auf keinen grünen Zweig; man müßte zumindest soviel von der Welt wissen wie der Bobinger...

Da die Gerichte sehr genau Buch über Strafen und Haftzeit führen, ließe sich bei einigem

Glück vielleicht noch ermitteln, wer damals, vor mehr als zwei Jahrhunderten, mit Matthias Klostermayer zugleich inhaftiert war; aber auch das würde uns noch nicht sagen, von wem die entscheidenden Einflüsse in diesen neun Monaten kamen, Einflüsse, die aus dem Mordskerl einen Bandenführer machten, aus dem Wilderer einen Räuber, aus dem Deserteur einen bewußten Gegner jeder staatlichen Ordnung. Der Lehrer, wer immer er war, blieb jedenfalls namenlos, einer von sehr vielen, die das Zeug zu großen Gaunern in sich gehabt hätten, aber auf dem Weg zu diesem Ziel an irgendeinem Galgen endeten. Der Matthias aber wurde nun erst, was der verhältnismäßig einförmige bayrische Pitaval unter dem Begriff des Bayrischen Hiasl versteht: ein Schrecken des Landes.

Ging es bisher um ein bißchen nächtliche Knallerei mit Wilddiebstahl, um Saufen und Renommieren, so war für den Hiasl nun der offene Krieg ausgebrochen. Sie hatten's ihm zeigen wollen, neun Monate lang, hinter Gefängnismauern, nun aber war die Reihe an ihm, und nun zeigte er's ihnen, denen, den andern – der Obrigkeit und den unbescholtenen Staatsbürgern.

Klostermayer scharte frühere und neue Freunde um sich, und da das nahe Schwaben in festen Händen war, streifte er mit seinem Wilderergang zwischen Tirol und der oberen Donau hin und her, schüchterte die Bauern und die Dörfler ein und blieb bei Überfällen auf einzelne Gehöfte, ja sogar auf kleine Orte, stets Sieger, da es jedesmal Stunden währte, ehe die Gendarmen sich soweit verstärkt hatten, daß sie an den Tatort zu eilen wagten.

Es gab kein Telefon, mit dessen Hilfe die Gendarmerie hätte alarmiert werden können; es gab keine Jeeps, auf denen Gendarmen dem Hiasl und seinen Mannen hätten nachfahren können, und es gab keine Hubschrauber, die imstande gewesen wären, einen Fluchtweg auch in den Bergen zu verfolgen. Gefahr konnte für den Hiasl also nur aus dem Verrat kommen, und da er ahnte, daß auch seine erste Verhaftung auf einen Verrat zurückgehen mochte, behandelte er niemanden so hart wie Männer, von denen er sich verraten glaubte.

Ob es ihm im Zuchthaus einer gesteckt hat, ob er das Prinzip selbst herausfand – jedenfalls herrschte der Hiasl durch Schrecken, wie alle großen Räuber, und da die Bauern und Dörfler ihn bald mehr fürchteten als die Obrigkeit, ging die Rechnung auch auf. Ein Bauer, von dem der Hiasl sich verraten wähnte, wälzte sich im eigenen Blut, ein Mesner, der vielleicht geplaudert hatte, wurde zu einem Heimatlosen, weil er sich nicht mehr zu Frau und Kind nach Hause wagte; die Dörfer lieferten schweigend ihren Tribut in Form von Lebensunterhalt, wenn der Hiasl und seine Bande einmal eine schlechte Jagd gehabt hatten.

Ein Müller, der sich rühmte, ihm könne nichts passieren, denn sein riesiger Hund sei selbst für den Hiasl zu scharf, dieser Müller lieferte dem Matthias Klostermayer den treuesten Gefährten. Denn der Hiasl, seinem Ruf als Mordskerl getreu, mußte natürlich das Wundertier sehen, ging inkognito zu dem Müller und brachte den Mann bald soweit, daß er ihm den Riesenhund vorführte. Das kalbgroße Vieh fletschte die Zähne und sprang den Hiasl an, der aber warf sich mit dem Hund auf den Boden, zerrte ihm die Kiefer auseinander und stieß ihm schließlich die Faust in den Rachen, so daß das Prachttier erstickt wäre, hätte nicht der Müller für seinen Wunderhund gebeten.

„Ich laß ihn am Leben", soll der Hiasl gesagt haben, „aber jetzat *(von nun an)* g'hört er mir!" Der Müller, der wohl ahnen mochte, mit wem er es zu tun hatte, war offensichtlich froh, so billig davonzukommen; wäre der Hiasl ernstlich verletzt gewesen, so hätte er ihm wohl die Mühle über dem Kopf anzünden lassen und den Müller dann samt Hund ins Feuer geworfen. So nickte er ergeben, und der Hiasl hatte einen neuen Begleiter: einen riesigen Hund unerfindlicher Rasse, eine offensichtlich besonders angriffslustige Mischung, ein Tier, das nur gegenüber dem Hiasl lammfromm war.

Geschichten wie jene, die sich bei dem Müller ereignet hatte, sind so recht geeignet, einen Mann in Gegenden berühmt zu machen, in denen Lesen und Schreiben und höhere Geistesgaben noch nicht allzuviel galten. Vom Hiasl und seinem Hund redete man allenthalben, seine Bande wuchs, sein Mut wuchs und sein Auftreten wurde immer großspuriger. Bei Bauern hielt er sich nicht mehr lange auf, nun brach er mit seinen Leuten einfach in die Wirtshäuser ein, und während die übrigen Gäste sich scheu verdrückten, sprang der Riesenhund mit drohendem Knurren auf einen der Tische, legte sich bequem zurecht und ließ den Wirt nicht mehr aus den Augen, der zitternd brachte, was eben im Hause war.

Traf der Hiasl mit Landjägern zusammen, so fackelte er nicht mehr lange: er führte Krieg, er schoß mitunter zuerst, immer aber zielte er besser. Gefangene, die der Hiasl machte, wurden auf gut bayrisch verprügelt, aber als arme Hunde am Leben gelassen. Bei Gefechten freilich gab es kein Pardon, da hatten beide Seiten Tote und Verwundete. Nur dem bayrischen Hiasl selbst und seinem Hund passierte seltsamerweise nichts oder doch nichts Ernstliches, so daß sich bald die Kunde verbreitete, die beiden seien von einem fürchterlichen Zauber geschützt oder vielleicht gar keine irdischen Wesen, sondern der Hölle entlaufen, um auf der Erde Unfrieden zu stiften.

Vielleicht glaubte der Matthias Klostermayer selbst an seine Unverwundbarkeit oder seinen guten Stern, wie man es eben nennen will, denn er wurde immer dreister, er zeigte sich mit seinen Leuten auf Jahrmärkten und an Kirchweihtagen, er ließ sich von den Bauern huldigen wie ein Landesfürst und nahm gnädig entgegen, was sie ihm als Tribut überreichten. Je nach Laune ließ er nun immer öfter Milde walten – nach dem Grundsatz, daß Vornehmheit eben verpflichte –, und da er ein paar jungen Müttern Kleider zukommen ließ, für die er keine Verwendung hatte, und auch sonst das eine oder andere Beutestück mit großer Geste verteilte, begann sich um seine Gestalt die stets willige Legende zu weben, wenn auch gewiß mit weniger Recht als bei Cartouche oder Robin Hood: Matthias, der Mordsbursche, hatte gnädige oder böse Launen, aber er hatte keine Grundsätze; er hatte Erfahrung mit dem Wald, dem Wild und den Jägern, aber er hatte kein Ziel, nicht einmal ein negatives. Er wollte es ihnen zeigen, wer er war, aber wer er wirklich war, wußte er selbst nicht.

Die größte Unternehmung Klostermayers war der Überfall auf den alten Markt Buchloe, einen lebhaften Ort an verkehrsreichen Landstraßen im Voralpenland, zwischen den reichen

Städten Augsburg und Memmingen gelegen. Es war 1770 und im tiefsten Winter, als der Hiasl sich zum Herrn des Marktes machte, weil die Gendarmen völlig unvorbereitet waren, und, ehe sie sich's versahen, zwei Tote zu beklagen hatten. Die Wilderer schossen schnell und zielsicher, und als neben den Toten noch ein paar Verwundete vor dem Amtshaus lagen, nahm die Obrigkeit durch die Hintertür Reißaus.

Es ist bis heute nicht klar, welche Absicht der Hiasl mit diesem riskanten Überfall verfolgte, denn er machte keinen Versuch, sich in Buchloe festzusetzen oder etwa die Kasse des Amtshauses zu rauben, woran ihn niemand hätte hindern können. Er ließ sich das beste Essen holen und für seine Leute heranschaffen, was die sich eben wünschten, und nach einer guten Stunde, in der die Bürger von Buchloe ihre Töchter in die dunkelsten Kammern gesperrt und ihr Geld geschwind im Gärtchen vergraben hatten, war die Revolution vorbei, der Hiasl stolz abgezogen und die Stunde der Gewalt wie ein Spuk zerstoben.

Immerhin zeigen die Orte seiner Aktionen, daß der Hiasl nun vom Führer einer Wildererbande zu einem richtigen Wegelagerer geworden war, denn Buchloe und auch sein nächster Großeinsatz bei Elchingen verrieten, daß es ihm um die Handelswege ging und daß er Kaufleuten aufzulauern oder Kaufmannszüge zu überfallen beabsichtigte. Was war auch in den Dörfern viel zu holen? Ans gute Essen und Trinken hatte sich der Hiasl längst gewöhnt, und die hübschen Mädchen liefen ihm nach, auch ohne daß er Gewalt anzuwenden brauchte, denn wann hätte je der stärkste Mann unbeweibt dahinleben müssen? Aber das, was reichen Ertrag brachte, die Tuche, die Weinfuhren, die Waffen, das zog auf den großen Landstraßen dahin, die Augsburg mit dem Bodensee und der Schweiz verbanden oder von Augsburg nach Stuttgart liefen; dort lockten lohnende Ziele.

Bei Elchingen, einem Straßendorf auf einem

Höhenrücken zwischen Augsburg und der Schwäbischen Alb, kam es auf diese Weise zu einem schweren Gefecht. Ulmer Gendarmerie hatte von der Anwesenheit des Hiasl und seiner Bande Nachricht erhalten und sich an der Straße in einen Hinterhalt gelegt. Der Hiasl bekam unerwartet Feuer und mußte sich zurückziehen. Daß seine Leute nicht auseinanderliefen, sondern sich blitzschnell in einem Wirtshaus verschanzten, beweist, daß die Truppe schon beträchtliches Selbstvertrauen besaß und sich zu wehren wußte. Vereinzelt hätte man sie gejagt wie die Hasen, und es wäre aus gewesen mit dem Hiasl. Als geschlossene Gruppe mit bemerkenswerter Feuerkraft hielten sie sich so gut, daß die Gendarmerie schließlich die Belagerung abbrach, um Verstärkungen heranzuführen, so daß die Räuber im Dunkeln entwischen konnten. Die Verluste, die sie zu beklagen hatten, hielten sich in Grenzen, aber Klostermayers Hund war gleich der ersten Gendarmensalve zum Opfer gefallen. Darüber konnte der Hiasl sich nicht beruhigen, und als im Verlauf der Kämpfe ein paar Gendarmen sich in das Räuberwirtshaus schlichen und dabei ertappt wurden, befahl er entgegen seiner Gewohnheit, sie nicht gefangenzunehmen, sondern zu töten – jeder durfte noch eine Maß Bier trinken, das war die Galgenfrist.

Der Hiasl war also böse geworden. Vielleicht ahnte er, daß mit seinem Lieblingstier auch das Glück von ihm gegangen war. Dabei war es wohl ganz anders: Nach Buchloe und Elchingen, nach so vielen Toten auf seiten der Gendarmen mußte die Obrigkeit endlich ernsthaft zuschlagen, wenn das Beispiel dieser Räuberbande nicht Schule machen und das Land in eine gefährliche Verwirrung stoßen sollte.

Für eine Handelsstadt ist nichts wichtiger als die Sicherheit der Handelswege; und der Ruf des Bayrischen Hiasl war unliebsam weit ins Salzburgische, gegen Kempten, ja bis nach Basel gedrungen, so daß es höchste Zeit war, dem

Spuk ein Ende zu machen. Die freie Reichsstadt am Lech rüstete eine ganze Kompanie speziell für den Räuberfang aus; sie bestand aus Männern, die sich in Wald und Gebirge zu bewegen verstanden, die selbst gelegentlich gejagt oder auch gewildert hatten und die gute Schützen waren, und ihr Kommandant war der Premierleutnant von Schedel aus einer angesehenen Augsburger Familie, aus der Künstler und Gelehrte hervorgegangen waren.

Ein Künstler mußte man auch sein, wenn man den Hiasl fangen wollte, denn dieser war nach den Gefechten, die ihm die Gendarmen geliefert hatten, und vor allem seit dem blutigen Tag von Elchingen so vorsichtig wie nie zuvor. Im Sommer wäre er nicht aufzugreifen gewesen, da kampierte er in den Wäldern und wechselte täglich das Quartier. Im Winter war dies schwierig, sie mußten leben, sie mußten in die Dörfer, und sie konnten nicht mehr unter freiem Himmel schlafen. Dutzende von Männern mit Gewehren und Gepäck können aber nicht unbemerkt in einem Haus Einzug halten, sie müssen kochen, sie müssen heizen...

Die kräftigen Rauchwolken, die aus dem Schornstein eines sonst recht stillen Wirtshauses im bayerischen Osterzell stiegen, erregten den ersten Verdacht. Schedel erhielt einen vertraulichen Hinweis, und eines Morgens, noch vor dem winterlich späten Sonnenaufgang, pirschte sich die ganze Kompanie von vier Seiten an das Wirtshaus heran. Der Schlupfwinkel wurde umstellt, alle Fluchtwege waren abgeschnitten, ehe der erste Schuß fiel.

Auch der gestellte Feind flößte den Augsburgern noch Respekt ein. Eingedenk der Lehren von Buchloe und Elchingen wagten sie nicht, ins Haus einzudringen, so daß die Räuber zwar nicht gerade Toilette machen, aber immerhin nach ihren Flinten rennen und diese laden konnten und verteidigungsbereit hinter den Fenstern lagen, als die Feindseligkeiten richtig ihren Anfang nahmen.

Dann aber erkannte der Hiasl, plötzlich ernüchtert, daß sein gemächlicher Gegner ihm zwar Zeit, aber kein Mausloch gelassen hatte und daß es diesmal um alles ging. Nun, Angst hatte der Hiasl nie gehabt, und die Ängstlichen unter seinen Männern hatten sich verlaufen, als die Blätter gefallen waren. Jetzt, im Winter, hatte er nur seine Kerntruppe um sich, und die feuerte aus allen Fenstern, daß die Augsburger Kompanie hurtig in Deckung ging und sich im tiefen Schnee kalte Bäuche holte.

Schedel beobachtete ruhig und sachkundig, woher das Feuer kam, und da er Leute genug hatte, gab er einem Teil der Kompanie Befehl, das Feuer eifrig zu erwidern, während ein anderer Zug an einer Hausecke, welche die Räuber nicht einsehen konnten, ins Obergeschoß kletterte und nun über dem Hiasl saß.

Das bedeutete zwar keine unmittelbare Gefahr, denn noch war der Boden zwischen Räuber und Gendarm, aber ungemütlich konnte es doch werden.

Erst als die Gendarmen den Zwischenboden aufgerissen hatten und große Bündel feuchten Strohs vom Dach anzündeten, um sie in die Wirtshausküche zu werfen, wurde die Lage der Räuber unhaltbar. Sie versuchten, mit dem zu löschen, was sie hatten, nämlich mit Bier, aber das Bier machte das Stroh noch feuchter, ohne den Brand zu ersticken, und dicke Schwaden eines beißenden Qualmes durchzogen nun das ganze Untergeschoß und zwangen die Räuber, sich in den Keller zurückzuziehen, wo sie sich nicht mehr verteidigen konnten. Sie gaben nicht auf, sie erwiesen sich als harte Burschen, aber sie hatten keine Chance mehr. Zwar lief noch der eine oder der andere, ein Tuch vor dem Gesicht, in die Küche hinauf, feuerte schnell durch ein Fenster und stürzte, hustend und keuchend, wieder in den Keller hinab, aber damit ließen sich die Schedelschen Gendarmen nicht mehr vom Eindringen ins Haus abhalten.

An beiden Beinen verwundet, versuchte der Hiasl, zumindest freien Abzug ohne Waffen zu erlangen. Schedel erklärte sich bereit, mit ihm zu verhandeln, sicherte ihm auch Leben und Unversehrtheit zu, da er ohnedies kein Mandat habe, die Räuber abzuurteilen, erklärte aber unumwunden, daß sie alle als Gefangene nach Buchloe gebracht würden.

Das war nun ganz und gar nicht nach dem Geschmack des Matthias Klostermayer, denn Zuchthäuser kannte er auch, und soweit reichte auch sein Verstand, daß er sich seine kurze Zukunft in den Händen der Behörden auszumalen imstande war. Während ein Freiwilliger losrannte, um die Gendarmen zu beschäftigen, unternahm der Hiasl mit dem Rest der Bande einen verzweifelten Ausfall. Er schonte sich selbst nicht, sondern warf sich, trotz seiner Verletzungen, auf den Premierleutnant, wohl hoffend, daß dieser dadurch an der Leitung des

Gefechtes gehindert würde und einige Räuber entkommen könnten. Aber das Opfer des Bandenchefs war vergeblich, Schedel wehrte den Hiasl geschickt ab, und nach einer heißen Viertelstunde lagen der Oberräuber und seine Untergebenen wohlverschnürt wie Tuchballen nebeneinander im Schnee.

Den Prozeß machte man der Bande nicht in Buchloe und schon gar nicht in Augsburg, wo man viel zu vornehm für derlei Gesindel war, sondern in Dillingen.

Nicht alle Räuber warteten das Urteil ab; einige hielten es für sicherer, vorher zu entspringen; sie schlugen sich von Dillingen in die fränkischen Wälder durch und setzten dort die Tradition des Bayrischen Hiasl fort.

Er selbst aber, der Mordskerl, der Kraftmensch, der Schrecken des Voralpenlandes, war Tag und Nacht gefesselt gewesen und so scharf bewacht, daß ihn nichts mehr vor dem Henker rettete...

Gendarmenjäger
Matthias Kneissl

Ein nicht sehr glanzvoller Rest Rinaldini-Romantik hat sich auf seltsame Weise ins Dachauer Moos und in unser Jahrhundert herübergerettet, und zwar durch den Kneissl Matthias, gelegentlich auch der Schachermühlen-Hiasl genannt.

Da war erst einmal der für einen richtigen romantischen Räuber unentbehrliche italienische Blutstropfen. Er kam von einem Herrn Alvise Pascolino, Venezianer nicht aus der berühmten Stadt selbst, sondern von der Terra Firma, dem festen Land, das der Republik gehörte und wo sie all jene Leute ansiedelte, die sie nicht auf der Insel haben wollte. Pascolino mochte seinen Grund gehabt haben, auszuwandern, es konnte ein ganz ehrlicher Grund gewesen sein, denn um die Mitte des neunzehnten Jahrhunderts, als in ganz Mitteleuropa eifrig Straßen und Eisenbahnlinien gebaut wurden, schwärmten die Italiener aus ihrer schönen Heimat in alle Welt, ganz einfach, um Brötchen zu verdienen.

Alvise kam nach Unter-Weikertshofen am Flüßchen Glonn, einem Dorf, dessen Namen er zweifellos nicht aussprechen konnte, weswegen er schleunigst eine Unter-Weikertshoferin heiratete. Pascolino war ein fleißiger Mann und legte einiges Geld zurück, obwohl er insgesamt vier Kinder aufzuziehen hatte. Eines allerdings verließ ihn verhältnismäßig früh, der Giovanni, von der Mutter Hansl gerufen. Dieser Hansl hatte schlechten Umgang, wurde ein Dieb, hatte bald auch ein paar Raubüberfälle auf dem Kerbholz und wurde im glorreichen Jahr 1871 erschossen. Die Lage war weitgehend unklar, und es ließ sich nicht widerlegen, daß die tödliche Kugel aus einer Räuber- und nicht aus einer

Gendarmeriepistole gekommen war.

Alvise trauerte um seinen Giovanni, die gramgebeugte Mutter wagte sich ein paar Monate lang kaum auf die Straße, am meisten aber litt unter dem Verlust des jungen Pascolino seine Schwester Teresa, kurz und gut bayrisch Res genannt. Das kräftige Mädchen mit den dunklen Haaren und dem feurigen Blick wurde vom Tag dieses Todes an böse und verschlossen, und ihr Mann hatte nicht mehr viel zu lachen.

Dieser Mann, der die Res 1868 heimgeführt hatte, war aus ganz anderem Holz als die Pascolino-Sippe, er war nämlich der Sohn eines Mesners. Als die Res sich in den Kopf gesetzt hatte, den Sohn des Mesners Kneissl zu heiraten, da hatte dieser keine Chance mehr, sein Leben war entschieden. Zwar sah im ersten Augenblick alles ganz gut aus. Vater Alvise hatte sich in Unter-Weikertshofen gut eingelebt und gab der Teresa so viel Geld mit, daß damit ein Wirtshaus errichtet werden konnte. Nun war zwar kein unbedinger Bedarf an einem zusätzlichen Wirtshaus im Ort, aber es zeigte sich bald, daß die Res ihre eigenen Vorstellungen vom Betrieb solch eines Unternehmens hatte. Mit Gründen, die man seither selbst in Weiden in der Oberpfalz eingesehen hat, setzte sie es durch, daß *sie* der Magnet der neuen Gaststätte wurde, und bald füllten sich die Stuben des Kneisselschen Wirtshauses mit einem eigenartigen Männervolk, das andächtig dem Ziehharmonikaspiel der Res lauschte, auf den schwarzen Flaum starrte, der sich auf ihrer Oberlippe kräuselte, und kräftig zu dem Wildbret trank, das die Res mit ihren Söhnen aus dem Wald heimbrachte. Der Vater war noch immer soweit Mesnerssohn, daß er sich zwar darein gefügt hatte, Ziehharmonikaspielen zu dulden, aber es hatte harte Worte gegeben, als Mutter Res ihre hoffnungsvollen Söhne zum Wildern anleitete. Denn das Wildern war ausgesprochen und ausgemacht ein Delikt, an dem sich die Geister schieden: Ein Gutteil der Bauern im Moos wilderte, die anderen aber nicht, und die Familie Kneissl hatte niemals zu den Wilderern gehört.

Kein Mann kann sich auf die Dauer gegen seine ganze Familie stellen, und die Fasanen, Enten und das Rotwild ließen sich halt gar zu gut in der Wirtshausküche verwerten. So wurde auch der Kneissl unehrlich, seine Söhne waren es schon von Kindesbeinen an, die hatten gar keine andere Möglichkeit. Das Kneisslwirtshaus wurde nicht nur bekannt durch sein frisches Wildbret, es gewann auch den sehr viel heikleren Ruf, daß man dort heimlich Erjagtes ohne Schwierigkeiten losschlagen könne. Bald kam zum Wildern die Hehlerei, und eines Tages sprachen die Gendarmen mit dem alten Kneissl ein ernstes Wort: Er sei früher doch ein ehrbarer Müller gewesen, und jetzt stünde es so schlecht um seinen Betrieb, er solle doch, um Ärger zu vermeiden, verkaufen, solange er noch die Konzession habe.

Das war ein guter und ein gutgemeinter Rat. Vater Kneissl verkaufte und wurde wieder Müller, doch lag die Schachermühle, die er erwarb, nicht gerade an einem rauschenden Bach, so daß sie auch nicht fröhlich klappern konnte. Wasser gab es nur, wenn es kräftig geregnet hatte, und so ließ sich ein regelmäßiger Mühlenbetrieb, so wie der Vater Kneissl ihn erlernt hatte, dort nicht aufbauen. Alles andere aber, das, was die Res und die Söhne so gern praktizierten, das ging in der Verborgenheit der Mühle um so emsiger weiter, und die Schachermühle (was auch schon kein schöner Name war) hieß bald die Räubermühle, ganz wie in den alten Zeiten des Bayrischen Hiasl oder des Hannikel.

Bei Altstetten am Steindlbach gelegen, versank die Schachermühle allnächtlich in eine unheimliche Einsamkeit, die man sich heute, angesichts der nahen Autobahnausfahrt Fürstenfeldbruck, nur noch schwerlich vorzustellen vermag. Aber hundert Jahre sind auch für so verlorene Gegenden ein Zeitraum, in dem allerlei geschehen kann.

Zunächst freilich waren es die Kneissl-Buben, die für Geschehnisse sorgten, denn sie hatten, so jung sie waren, schon die richtige Wut im Bauch. Da hatten sie mit der Mutter eine Kirche ausgeraubt, eine von den reicheren mit schönem Gerät, und die Res war unvorsichtig genug gewesen, mit der Monstranz nach München zu fahren, um sie zu verkaufen. Wenn sie wenigstens die Auer Dult abgewartet hätte! Aber so fiel sie natürlich auf mit ihrem Angebot. Die Gendarmen kamen, und Vater Kneissl mußte ins Gefängnis – die Res hatte ja schließlich fünf Kinder zu versorgen.

Da es für einen Mesnerssohn nichts Schlimmeres geben kann, als wegen Kirchendiebstahls eingelocht zu werden, drückte es dem Vater Kneissl in der Zelle das Herz ab, und er starb im Gefängnis wie schon mancher andere Räubervater. Aber während beim Vater des Schinderhannes und beim Vater des Grasel niemand an einen unnatürlichen Tod geglaubt hatte, hielt sich rings um Dachau das von den Bewohnern der Schachermühle eifrig genährte Gerücht, die Wärter oder die Polizei hätten den alten Kneissl totgeprügelt, und das sollte gerächt werden, schworen sich die Kneissl-Buben.

Noch im gleichen Jahr, ein paar Monate nach der Verhaftung des Vaters, wurden sie beim Wildern ertappt. „Aha!" sagte der Gendarm Gößwein höhnisch, „die zwei Äpfel, die nicht weit vom Stamm fallen, der Alois Kneissl und Matthias Kneissl junior!"

Das war ein Schimpf, auch für den Vater. Alois zauderte nicht, zog und schoß. Gößwein brach mit einem Unterleibsschuß zusammen. Das gab fünfzehn Jahre für den Schützen, sieben für den Mittäter. Kräftige Strafen, wenn man bedenkt, daß sie beide noch minderjährig waren. Alois Kneissl machte es auch nicht lang in der Haft, die Gefängnisse waren damals auch noch nicht das, was sie heute sind, und so ein junger Wildfang ging allein an den Mauern zugrunde. Nach vier Jahren starb Alois Kneissl, und Matthias hatte, als er entlassen wurde, nun eine ganze Menge Räuberpflichten, galt es doch einen Mutterbruder, den Vater und den eigenen Bruder zu rächen und obendrein selbst noch für das Nötigste zu sorgen.

Daß er dennoch versuchte, Schreiner zu werden, war ein aussichtsloser Anlauf zur Rechtschaffenheit. Da sich niemand wirklich um ihn kümmerte, mußte der Versuch schnell mißlingen, und bald wandte sich Matthias Kneissl vertrauteren Beschäftigungen zu, nur daß er nun selbst schießen mußte, wenn es nötig wurde.

Beim ersten Schuß, den Matthias Kneissl auf Menschen abgab, bewies er schon eine Treffsicherheit, wie sie einem ausgebildeten Polizisten durchaus nicht immer zu Gebote steht. Nach dem Einbruch auf einem kleinen Landgut hatte ihn der Sohn des Besitzers verfolgt. Er kam allerdings nicht weit: Kneissl wandte sich um, visierte kurz und schoß ihm in die Kniescheibe, womit die Verfolgung beendet war.

Einen Räuber zu fanden, der so gut zielen konnte, das verlangte einen besonderen Anreiz, denn für nichts und wieder nichts riskiert auch in und um Dachau niemand sein Leben. Also setzten die Behörden vierhundert Mark auf die Ergreifung des Kneissl Matthias; fünfhundert, die an sich übliche runde Summe, wollte man ihm nicht zubilligen, hatte er doch noch niemanden umgebracht. Aber das, sagten diejenigen, die ihn kannten, das dauert jetzt nicht mehr lange.

Sie sollten recht behalten, und schuld an dem Trauerspiel, das nun passierte, waren in gewissem Sinn die vierhundert Mark, in einer armen Gegend wie dem Land um Dachau eine ganz schöne Summe. Im November, so kurz vor Weihnachten, da fühlten viele Bauern, daß ihr

Geldbeutel eigentlich eine Aufbesserung vertragen könne. Darüber hatte auch Michael Rieger, der Fleckenbauer, gerade mit seinen Kumpanen im Wirtshaus von Irschenbrunn geredet, aber soviel sie auch dabei tranken, es war ihnen nichts Gescheites eingefallen. Und als der Rieger dann endlich, leicht schnwankend, auf die kühle Dorfstraße hinaustrat, da stand wie vom Himmel gefallen der Matthias Kneissl vor ihm.

„Himmi sakra, der Kneissl", sagte der Fleckenbauer, und heimlich dachte er noch: Da stehn also jetzt genau die vierhundert Mark, die ich für Weihnachten so gut brauchen könnt'!

Der Kneissl tat recht freundlich, denn er war wieder einmal um einen Unterschlupf verlegen. Der Michael Rieger war ja nicht die sicherste Heimstatt, die er wählen konnte, denn die Polizei kannte den Fleckenbauernhof beinahe so gut wie die Schachermühle. Aber wenn er noch lang herumirrte, dann hatten sie ihn, und darum war ihm jedes Dach recht.

Es stellte sich heraus, daß die Fleckenbäuerin es nicht gewagt hatte, den Kneissl aufzunehmen. Sie hatte ihn ins Dorf geschickt, und dort hatte der Kneissl, der sich natürlich nicht ins Wirtshaus wagen durfte, brav auf den Michael Rieger gewartet. Als dieser endlich aus der Wirtshaustür trat, war der großmächtige Räuber Kneissl schon recht klapprig von der feuchten Novemberkälte. Der Rieger aber war unerwartet freundlich:

„A paar Tag kannst schon bei mir schlafen, nur zum Essen hab i net soviel im Haus... wart a weng, i kauf no a paar Würscht und an Speck!"

Erleichtert wartete der Kneissl, während der Fleckenbauer geschwind ins Wirtshaus zurückhuschte und dort einem, dem er trauen durfte, zuflüsterte:

„Hol die Gendarmen, der Kneissl geht mit mir nach Haus... Bei mir können's ihn fangen, und dann g'hörn die 400 Markln mir. Dir gib i an guaten Botenlohn...!"

Der Bursch überlegte nicht lange, spähte nur durchs Fenster, bis der Rieger und der Kneissl verschwunden waren, und rannte dann los zum nächsten Gendarmerieposten. Die Fleckenbäuerin aber staunte nicht wenig, als ihr sonst so knausriger Ehemann Wein auf den Tisch stellte und die Würste daneben legte, denn man müsse doch feiern, wenn so ein alter Spezi wieder aufgetaucht sei.

Verstohlen beobachtete die Frau die gemachte Lustigkeit des Gatten, die sie von seinen Trinkerlaunen sehr gut zu unterscheiden wußte. Irgend etwas mußte ihn nüchtern gemacht haben nach dem Wirtshausbesuch, und irgend etwas anderes veranlaßte ihn zu diesem krampfhaften Fest. Und obwohl sie immerzu auf das Unheil wartete, denn Gutes war ihr nie unverhofft gekommen, schrak sie zusammen, als es plötzlich gegen die wohlverwahrte Tür polterte.

Kneissl verstummte, Michael Rieger riß noch einen Witz, aber das Wort erstarb ihm im

Mund, als er den Blick des anderen prüfend auf sich fühlte.

„Uns ist doch keiner nachgegangen!" zischte Kneissl, „das hätt' ich doch gemerkt!"

Inzwischen fragte die Frau, wer da sei, die überflüssigste Frage beim Fleckenbauer, denn seine Kumpane kannten den Weg durch den Stall und außer denen kam nur der Gendarm, um nachzuschauen.

„Der Brandmaier is, schnell weg...", rief die Frau leise, während sie umständlich am Hoftor zu hantieren begann.

Der Brandmaier, das war der Postenkommandant der Gendarmerie in Altomünster; er mußte sich aufs Rad geschwungen haben, um so schnell beim Fleckenbauer sein zu können. Ein Hilfsgendarm namens Scheidler war mit von der Partie, und der Bote war mit ein paar anderen Burschen hinterhergelaufen.

Inzwischen war der Brandmaier ungeduldig geworden.

„Aufmachen jetza, aber schnell! Ich weiß genau, daß der Kneissl bei euch ist!"

„Da woaßt mehr wie i", sagte der Rieger laut, und was er noch hinzufügen wollte, um sich als der zu belohnende Denunziant auszuweisen, das ging im ohrenbetäubenden Krachen einer Doppelbüchse unter. Vom ersten Schuß wurde Brandmaier getroffen und stürzte vor der Küchentür zusammen. Scheidler war zurückgesprungen, aber nicht schnell genug, ihn hatte der zweite Schuß Kneissls am Oberschenkel erwischt.

Ungerührt kam der Schütze aus der Küche, den rauchenden Hinterlader noch in der Hand. Prüfend, wie es ein Jäger mit dem erlegten Wild tut, stieß er mit dem Fuß gegen Brandmaier. „Der is hin!" sagte er befriedigt und wandte sich Scheidler zu, der schmerzverkrümmt am Boden lag.

Kneissl hatte nachgeladen und hielt die Läufe dem zitternden Gendarmen ans Ohr, um ihm den Fangschuß zu geben.

„Laß ihn doch leben, Kneissl!" bat die Bäuerin, während Rieger dumpf und stumm dabeistand, „daß du's warst, wissen eh alle, und der da hat dir no nia nix tan!"

Das stimmte, wenn auch jeder Gendarm für Kneissl ein Feind war. Also ließ er von Scheidler ab, schob noch eine Wurst in die Joppentasche und verschwand, zur größten Erleichterung für den Rieger, der sich schon neben den zwei anderen hatte am Boden liegen sehen. Angst und Wut über die verfehlte Spekulation ließ der Fleckenbauer an seinem armen Weib aus:

„Weh dir, wannst den da einitragst! Mir kommt koa Gendarm ins Schlafzimmer!"

So blieb Scheidler, schwerverletzt und von der Bäuerin nur notdürftig verbunden, vor der Küchentür auf dem kalten Stein liegen. Die Verwundung hätte ihm wohl nicht das Leben gekostet, aber von der Lungenentzündung, die er sich in dieser Nacht holte, konnte man ihn nicht mehr heilen.

Die Behörden setzten auch diesen zweiten Toten auf Kneissls Sündenregister, mit einem gewissen Recht, und da die beiden Beamten ein rundes Dutzend unversorgter Kinder hinterließen, brachte dies die Stimmung zumindest in den bürgerlichen Kreisen beträchtlich gegen den Kneissl auf. Die Bauern vom Dachauer Moos freilich, die wegen ihrer Lieblingsbeschäftigung, der heimlichen Niederjagd, auf die Gendarmerie nicht gut zu sprechen waren, die halfen dem Kneissl nun, wo sie konnten. Erstens, weil sie gesehen hatten, daß es gefährlich war, sich mit ihm anzulegen, und zweitens, weil jede Landschaft irgendwann einen Helden haben will, und heiße er auch Matthias Kneissl.

Die große Jagd, die nun begann, wurde durch die winterlichen Verhältnisse erschwert, aber für den harten Kneissl waren sie günstig. Er blieb über Nacht im Freien, ohne zu frieren, die Häscher verschwanden, wenn es dunkel wurde und brachen die Jagd ab. Von der Zustimmung der kleinen Leute ermutigt, in seine Heldenrolle begeistert hineingewachsen, wurde Matthias Kneissl immer frecher, schrieb Briefe, dichtete ungefüge Spottverse, kurz, er empfahl sich dem damals noch unterentwickelten bajuwarischen Untergrund als Leitfigur und Protestler in Bundhosen.

Seine letzten Schandtaten zeigen aber, daß er sich doch noch mit großer Vorsicht bewegte und wirklich lohnende Raubzüge nicht mehr ausführen konnte. Er raubte die Erstbesten aus, und das waren natürlich nicht die Reichen, und war schon so ziemlich am Ende seiner Möglichkeiten, als eines der vielen Mädchen, die er mit seiner rauhen Gunst beglückt hatte, zu der Einsicht kam, daß sie ja doch nicht die einzige sei. Und dafür wollte sie sich rächen.

Im März 1901 verpfiff die Ungetreue den Ungetreuen, und es kam zu der letzten großen Kneissl-Schlacht, für die man ganz ungewöhnliche Vorkehrungen getroffen hatte. Der Schauplatz des letzten Aktes war der Weiler Geisenhofen, etwa halbwegs zwischen Maisach und Memmendorf gelegen, unweit der heutigen Bundesstraße 2 und des Haspel-Moors. Auf den heimlichen Hinweis hin wurde das Haus, in dem der Kneissl sich aufhielt, umstellt, während er noch schlief. Damit war die Chance, ins Moor zu entfliehen, gleich null. Aber Kneissl dachte dennoch nicht daran, sich zu ergeben. An den Uniformen erkannte er, daß sich die Gendarmen Münchner Stadtpolizei zur Verstärkung geholt hatten, und zwar so viele, wie ihm noch nie gegenübergestanden waren.

Nach zähem Schußwechsel stürmten die Polizisten. Kneissl, der nach allen Richtungen gefeuert und sich nicht sorgfältig genug gedeckt hate, war bereits verwundet, als das Anwesen im Sturm genommen wurde, und er konnte sich nicht mehr mit der vollen Kraft wehren, als der Nahkampf begann.

Im Inquisitenspital flickte man die Schußwunden und beseitigte die Spuren der Polizistenwut, so daß Kneissl wiederhergestellt war, als er vom Richter vernahm, für Gendarmenmörder gebe es keine Gnade. Darum bestieg er am 21. Februar 1902, einem grauverhangenen Montag, das Schafott mit den für ihn bezeichnenden Worten: „Die Woche fängt ja gut an!"